馆【双色版】

唐宋八大家散文

冯慧娟◎主编

辽宁美术出版社

图书在版编目（CIP）数据

唐宋八大家散文 / 冯慧娟主编 . -- 沈阳：辽宁美
术出版社，2017.9（2019.6 重印）
（众阅国学馆）
ISBN 978-7-5314-7744-0

Ⅰ . ①唐… Ⅱ . ①冯… Ⅲ . ①唐宋八大家—古典散文
—散文集 Ⅳ . ① I264.2

中国版本图书馆 CIP 数据核字 (2017) 第 234195 号

出 版 社：辽宁美术出版社
地 址：沈阳市和平区民族北街 29 号 邮编：110001
发 行 者：辽宁美术出版社
印 刷 者：三河市燕春印务有限公司
开 本：787mm×1092mm 1/32
印 张：5
字 数：94 千字
出版时间：2018 年 1 月第 1 版
印刷时间：2019 年 6 月第 2 次印刷
责任编辑：申虹霓
装帧设计：彭伟哲
责任校对：郝 刚
ISBN 978-7-5314-7744-0

定 价：25.00 元

邮购部电话：024-83833008
E-mail：lnmscbs@163.com
http：//www.lnmscbs.cn
图书如有印装质量问题请与出版部联系调换
出版部电话：024-23835227

唐宋八大家，是唐宋时期八位散文代表作家的合称，即唐代的韩愈、柳宗元，和宋代的欧阳修、"三苏"、王安石、曾巩。

明初，朱右将他们的文章编成《八先生文集》，八大家之名即始于此。明中叶，唐顺之辑录《文编》，仅取此八人的文章，这为八大家名称的定型和流传起了一定作用。此后不久，茅坤根据朱右、唐顺的编法选了八人的文章，辑为《唐宋八大家文钞》，"唐宋八大家"之称遂固定下来。

由于这八位作家都是主持古文运动的中心人物，文学观点比较接近，主张实用，反对骈体，其散文创作都取得了很高的成就，因而，"唐宋八大家"一经提出，便为后人普遍接受，成为文学史上的专有名词。

唐宋八大家的作品题材广泛，体裁多样，且篇篇皆具特色，值得细心赏读。本书精选了八大家的经典散文，辅以白话译文，是普通读者学习古文的极佳参考。

唐宋八大家散文

目录

唐宋八大家散文

韩愈 .... ○○一

杂说四·马说 .... ○○二

师说 .... ○○四

论佛骨表 .... ○○七

进学解 .... ○一三

祭十二郎文 .... ○一八

柳宗元 .... ○二七

封建论 .... ○二八

黔之驴 .... ○三九

捕蛇者说 .... ○四○

始得西山宴游记 .... ○四三

至小丘西小石潭记 .... ○四五

种树郭橐驼传 .... ○四七

欧阳修 .... ○五一

朋党论 .... ○五二

醉翁亭记 .... ○五六

秋声赋 .... ○五九

祭石曼卿文 .... ○六一

六一居士传 .... ○六四

目录

唐宋八大家散文

苏轼 .... 〇六九

    留侯论 .... 〇七〇

    日喻 .... 〇七五

    喜雨亭记 .... 〇七八

    石钟山记 .... 〇八一

    记承天寺夜游 .... 〇八五

    前赤壁赋 .... 〇八六

苏洵 .... 〇九一

    六国论 .... 〇九二

    管仲论 .... 〇九六

    名二子说 .... 一〇〇

    心术 .... 一〇一

苏辙 .... 一〇七

    上枢密韩太尉书 .... 一〇八

    黄州快哉亭记 .... 一一一

    武昌九曲亭记 .... 一一六

    孟德传 .... 一一九

目录

唐宋八大家散文

王安石 .... 一二三

答司马谏议书 .... 一二四
上人书 .... 一二七
伤仲永 .... 一二九
游褒禅山记 .... 一三一
　读《史记·孟尝君列传》 .... 一三四
祭欧阳文忠公文 .... 一三五

曾巩 .... 一三九

寄欧阳舍人书 .... 一四〇
墨池记 .... 一四五
《战国策》目录序 .... 一四七

韩愈
HAN YU

◎作者小传◎

韩愈（768—824），唐代文学家、哲学家。字退之，河阳（今河南孟州市）人，祖籍河北昌黎，故世称"韩昌黎"。因官至吏部侍郎，又称"韩吏部"。因谥号"文"，又称"韩文公"。韩愈是唐代古文运动的倡导者，位居"唐宋八大家"之首。他的文章气势宏大、曲折多姿、逻辑严整、融汇古今，无论是议论、叙事或抒情，都形成独特的风格，达到前人不曾达到的高度。其代表作有《师说》《马说》《祭十二郎文》等。

杂说四·马说

【古文原典】

世有伯乐，然后有千里马。千里马常有，而伯乐不常有。故虽有名马，祇辱于奴隶人之手，骈死于槽枥之间，不以千里称也。

马之千里者，一食或尽粟一石，食马者不知其能千里而食也。是马也，虽有千里之能，食不饱，力不足，才美不外见，且欲与常马等不可得，安求其能千里也！

策之不以其道，食之不能尽其材，鸣之而不能通其意，执策而临之曰："天下无马。"呜呼！其真无马邪？其真不知马也？

【古文今译】

世上有了伯乐，这以后才能有千里马。千里马是常有的，可是善于相马的伯乐却并不常有。所以即使有好马，却只能在不识货的马夫手里受尽屈辱，和普通的马一块儿老死在马厩里，而不能因为有日行千里的才能受到称颂。

韩愈

马中能够日行千里者，一顿有时能把一石小米吃完，喂马者并不知道它能日行千里而和普通的马一样喂养。这匹马啊，虽然有日行千里的能力，但是由于总是不能吃饱，所以力气不足，无法表现出才能，想要和平常的马一样还办不到，怎么可以要求它能够日行千里呢！

鞭策它不根据它的特性，喂养它不能让它的食量得到满足，吆喝它又不能通晓理解它的心意，却手执马鞭站在它的跟前说："天下没有好马。"唉！是真的没有好马吗？

元代《相马图》

师说

【古文原典】

古之学者必有师。师者,所以传道、受业、解惑也。人非生而知之者,孰能无惑?惑而不从师,其为惑也,终不解矣。生乎吾前,其闻道也,固先乎吾,吾从而师之;生乎吾后,其闻道也,亦先乎吾,吾从而师之。吾师道也,夫庸知其年之先后生于吾乎?是故无贵无贱,无长无少,道之所存,师之所存也。

嗟乎!师道之不传也久矣,欲人之无惑也难矣。古之圣人,其出人也远矣,犹且从师而问焉;今之众人,其下圣人也亦远矣,而耻学于师。是故圣益圣,愚益愚。圣人之所以为圣,愚人之所以为愚,其皆出于此乎?

【古文今译】

古时候求学问的人一定有老师。所谓老师,就是传授道理和专业知识,解答疑难问题的人。人不是生下来就懂道理、有知识的,谁能够没有疑难问题呢?有疑难问题却不向老师请教,那些成为疑难的问题,便终究不会解决了。出生在我前面的,他懂得道理本来比我早,我跟随他,以他为师;出生在我后面的,他懂得道理要是也比我早,我也跟他学习。我学习的是道理,哪管他出生在我之前还是在我之后呢?因此,不论地位高还是低,不论年龄大还是小,道理存在的地方,老师也就在那里。

唉!从师学习的传统不被继承已经很久了,要人们没有疑难问题是很困难的了。古时候的圣人，远远超出了一般人，尚且向老师请教；现在的一般人，他们远远不如圣人，却以向老师学习为耻辱。因此，圣人就更加圣明，愚人就更加愚蠢。圣人之所以成为圣人，愚人之所以成为愚人，大概都是由于这个原因吧。

爱其子，择师而教之；于其身也，则耻师焉，惑矣！彼童子之师，授之书而习其句读者，非吾所谓传其道、解其惑者也。句读之不知，惑之不解，或师焉，或不焉，小学而大遗，吾未见其明也。

巫医、乐师、百工之人，不耻相师。士大夫之族，曰师曰弟子云者，则群聚而笑之。问之，则曰："彼与彼年相若也，道相似也。位卑则足羞，官盛则近谀。"呜呼！师道之不复可知矣。巫医、乐师、百工之人，君子不齿，今其智乃反不能及，其可怪也欤！

人们爱自己的孩子，就选择老师来教他们；对于自己呢，却不好意思去从师学习，这真是糊涂啊！那些孩子们的老师，是教给孩子们读书和学习书中怎样断句的，不是我所说的那种传授道理、解释疑难问题的。一种情况是读书不懂得行文断句的，一种情况是疑难问题不得解释。有的不懂行文断句就从师学习，有的疑难问题

孔子讲学图

不得解释却不向老师请教，小事学习，大事反而丢弃，我看不出他们明白道理的地方。

巫医、乐师、各种工匠，不把相互学习当作难为情。读书做官的这类人，一听到有人以"老师""学生"相称，许多人聚集在一起讥笑人家。问他们为什么这样，他们就说："他和他年纪差不多，学问也差不多。称地位低的人为师，就感到羞耻；称地位高的人为师，就近于拍马屁。"唉！从师学习的道德不能恢复，从这里可以知道了。巫医、乐师和各种手工业者，是所谓上层人士所不与为伍的，现在他们的明智程度反而不及这些人，岂不是奇怪吗！

【古文原典】 ···

圣人无常师。孔子师郯子、苌弘、师襄、老聃。郯子之徒，其贤不及孔子。孔子曰："三人行，则必有我师。"是故弟子不必不如师，师不必贤于弟子；闻道有先后，术业有专攻，如是而已。

李氏子蟠，年十七，好古文，六艺经传、皆通习之。不拘于时，学于余。余嘉其能行古道，作《师说》以贻之。

【古文今译】 ···

圣人没有固定的老师。孔子曾向郯子、苌弘、师襄、老聃请教过。郯子这些人，他们的品德才能并不如孔子。孔子说："三个人一起走，其中一定有可以当我老师的人。"所以，学生不一定不及老师，老师不一定比学生高明。懂得道理有先有后，技能业务各有钻研与擅长，不过这样罢了。

李家的儿子名叫蟠，十七岁，爱好古文，六经的经文和传记全都学了，不被世俗影响，来向我学习。我赞许他能实行古代的从师之道，写这篇《师说》赠给他。

论佛骨表

【古文原典】

臣某言：伏以佛者，夷狄之一法耳。自后汉时流入中国，上古未尝有也。昔者黄帝在位百年，年百一十岁；少昊在位八十年，年百岁；颛顼在位七十九年，年九十八岁；帝喾在位七十年，年百五岁；帝尧在位九十八年，年百一十八岁；帝舜及禹，年皆百岁。此时天下太平，百姓安乐寿考，然而中国未有佛也。其后殷汤亦年百岁；汤孙太戊，在位七十五年，武丁在位五十九年，书史不言其年寿所极，推其年数，盖亦俱不减百岁；周文王年九十七岁，武王年九十三岁，穆王在位百年，此时佛法亦未入中国，非因事佛而致然也。

汉明帝时，始有佛法，明帝在位，才十八年耳。其后乱亡相继，运祚不长。宋、齐、梁、陈、元魏已下，事佛渐谨，年代尤促。惟梁武帝在位四十八年，前后三度舍身施佛，宗庙之祭，不用牲牢，昼日一食，止于菜果；其后竟为侯景所逼，饿死台城，国亦寻灭。事佛求福，乃更得祸。由此观之，佛不足事，亦可知矣。

【古文今译】

臣某进言：臣谨慎地认为佛教不过是外国的一种道法而已。在后汉时流入中国，上古时期不曾有过。以前黄帝在位一百年，享年一百一十岁；少昊在位八十年，享年一百岁；颛顼在位七十九年，享年九十八岁；帝喾

梁武帝萧衍

在位七十年，享年一百零五岁；帝尧在位九十八年，享年一百一十八岁；帝舜和禹都享年一百岁。那时候天下太平，百姓安居乐业，健康长寿，可是中国那时候还没有佛教啊！从那以后，殷汤的君王享年一百岁，他的孙子太戊在位七十五年，武丁在位五十九年，史书上没有记载他们的年龄，推算他们的年龄，大概不会低于一百岁；周文王享年九十七岁，武王享年九十三岁，穆王在位百年。这时候，佛教也还没有流入中国。可见，这些帝王长命百岁并不是由于侍奉佛的缘故啊！

汉明帝的时候才开始有佛法，可明帝在位只有十八年。从那以后，社会长期混乱，国运不长，朝代更迭。自宋、齐、梁、陈等朝以来，侍奉佛的越来越虔诚，但立国的时间和皇帝的寿命更加短。只有梁武帝在位四十八年，在此期间，他三次为佛舍身，宗庙的祭祀不用牛羊牲畜，白天吃一顿饭也仅限于蔬菜和水果。可后来武帝被一个叫侯景的人所逼迫，被活活饿死在台城，国家也随着灭亡。恭敬地侍奉佛，祈求好运，反而招来更多的祸害。从中可以看到，佛是不值得侍奉的，也就可以明白了！

【古文原典】··

高祖始受隋禅，则议除之。当时群臣，材识不远，不能深知先王之道，古今之宜，推阐圣明，以救斯弊，其事

唐宋八大家散文

遂止。臣常恨焉。伏惟睿圣文武皇帝陛下，神圣英武，数千百年已来，未有伦比。即位之初，即不许度人为僧尼道士，又不许创立寺观。臣常以为高祖之志，必行于陛下之手，今纵未能即行，岂可恣之转令盛也？

今闻陛下令群僧迎佛骨于凤翔，御楼以观，舁入大内，又令诸寺递迎供养。臣虽至愚，必知陛下不惑于佛，作此崇奉以祈福祥也。直以年丰人乐，徇人之心，为京都士庶设诡异之观、戏玩之具耳。安有圣明若此，而肯信此等事哉！然百姓愚冥，易惑难晓，苟见陛下如此，将谓真心事佛。皆云："天下大圣，犹一心敬信；百姓何人，岂合更惜身命？"焚顶烧指，百十为群，解衣散钱，自朝至暮，转相仿效，惟恐后时，老少奔波，弃其业次。若不即加禁遏，更历诸寺，必有断臂脔身以为供养者。伤风败俗，传笑四方，非细事也。

【古文今译】 :::

高祖刚接受了隋代皇帝的禅让登上王位时，就商议要废除佛教。但当时，群臣的才识有限，眼光短浅，不能深刻地理解先王立国的道理以及古代与现在应该做的事，推广并解释高祖的英明主张，来挽救由于信佛而带来的弊端，废除佛教的措施逐渐停了下来，因此微臣常常感到遗憾。微臣认为，睿圣文武皇帝陛下，神明英武，几千年以来，没有一个可比得上的。陛下登上王位的初期，立即禁止度人为僧尼道士，也不允许建立寺庙道观。臣常常以为高祖的志向，必然会被陛下亲自推行，现在纵然不能立即施行，岂可以放纵它而让它繁盛起来？

现在，听说陛下让僧人到凤翔法门寺去"迎佛骨"，亲自登楼观看。于是僧人把"佛骨"送进宫内，又让众多的寺庙轮流供养。微臣虽然很愚蠢，也知道陛下不会被佛事迷惑，进行如此虔诚的活动来祈求幸福和吉祥啊。刚好今年丰收，人民安乐，民心顺应，为京城的官员和百姓设置奇异的景观，提供游玩娱乐的东西罢了。陛下如此圣明，却怎么肯相信这样的事呢？然而百姓愚昧，很容易被迷惑，要了解它非常难。如果见到陛下做出这样的事，他们将会认为陛下真心向佛，都会说："天子非常圣明，尚且一心恭敬

唐高祖李渊

佛，百姓是什么样的人，怎么能更加吝惜自己的性命呢！"他们焚烧头发和手指，大约百个一群、十个一堆，从早到晚，施舍衣服，散发钱财。百姓互相仿效，唯恐落在后面。老老小小一起奔波，放弃了他们的职业。假如不能立即加以禁止与遏制，再让"佛骨"经过寺庙，肯定会有人砍下自己的手臂、切割身上的肉来敬奉"佛骨"的。伤风败俗，作为笑谈传到四方，这并不是件小事啊。

【古文原典】

　　夫佛本夷狄之人，与中国言语不通，衣服殊制，口不言先王之法言，身不服先王之法服，不知君臣之义、父子之情，假如其身至今尚在，奉其国命来朝京师，陛下容而接之，不过宣政一见，礼宾一设，赐衣一袭，卫而出之于境，不令惑众也。况其身死已久，枯朽之骨，凶秽之余，岂宜

令入宫禁！

　　孔子曰："敬鬼神而远之。"古之诸侯，行吊于其国，尚令巫祝先以桃茢祓除不祥，然后进吊。今无故取朽秽之物，亲临观之，巫祝不先，桃茢不用，群臣不言其非，御史不举其失，臣实耻之。乞以此骨付之有司，投诸水火，永绝根本，断天下之疑，绝后代之惑，使天下之人知大圣人之所作为，出于寻常万万也，岂不盛哉！岂不快哉！佛如有灵，能作祸祟，凡有殃咎，宜加臣身，上天鉴临，臣不怨悔。无任感激恳悃之至，谨奉表以闻。臣某诚惶诚恐。

法门寺

　　佛原本是外国人，其语言跟我们不同，衣服也不一样，不会说合乎古代圣王礼法的语言，身上不穿合乎古代圣王礼法的衣服，不知道君臣之间的义、父子之间的情。假如他的身体到现在还存在，奉他的国王的命令，到京城朝见皇上，陛下包容他并且迎接他，只不过是在宣政殿召见他，设宴招待，赐一套衣服，命令卫兵保护他们过境，不让他迷惑众人。何况他已经死了很久，枯骨不过是不祥的污秽的死尸的残留物，让他进皇宫禁地，这怎么可以？

　　孔子说："敬重鬼神但需离它远远的。"古代的诸侯，在他们自己的国家进行吊祭的时候，尚且命令巫祝先用桃枝、扫帚等物来掸去不吉祥的东西，然后再进行吊祭。现在无缘无故取回腐朽的脏东西，亲自到现场观看，巫祝没有先行，也不让人用桃枝、扫帚等物来掸去不吉祥的东西，许多大臣没有说出这是不对的，御史也不列举它的过失，臣确实为这件事感到羞耻。请求陛下把这些骨头交付给司法部门，把它投到水中或火中，永远地根除祸害的源头，断绝让天下人及后代产生这种疑惑的根，使天下人知道大圣人的所作所为，超出一般人的万万倍，这岂不是很好的事吗！岂不是大快人心的事吗！佛如果有灵魂并制造祸害，一切祸殃，都应加在微臣身上。有上天作为明证，臣绝不抱怨后悔。臣不胜感激，极其恳切，谨奉上这表让皇上知道。微臣惶恐不安。

进学解

【古文原典】 ··

　　国子先生晨入太学，招诸生立馆下，诲之曰："业精于勤，荒于嬉；行成于思，毁于随。方今圣贤相逢，治具毕张，拔去凶邪，登崇俊良。占小善者率以录，名一艺者无不庸。爬罗剔抉，刮垢磨光。盖有幸而获选，孰云多而不扬？诸生业患不能精，无患有司之不明；行患不能成，无患有司之不公。"

【古文今译】 ··

　　国子先生清晨来到太学，把学生们召集来，站在馆舍之下，训导他们说："学业靠勤奋才能精湛，如果贪玩就会荒废；德行靠思考才能形成，如果随大流就会毁掉。当今朝廷，圣明的君主与贤良的大臣遇到了一起，规章制度全都建立起来了，铲除奸邪，提拔贤能，略微有点儿优点的人都会被录用，以一种技艺见长的人都不会被抛弃。仔细地搜罗人才，改变他们的缺点，发扬他们的优点。只有才行不够而侥幸被选拔上来的人，哪里会有学问优异却没有被提举的人呢？学生们，不要担心选拔人才的人眼睛不亮，只怕你们的学业不精湛；不要担心他们做不到公平，只怕你们的德行无所成就！"

【古文原典】 ··

　　言未既，有笑于列者曰："先生欺余哉！弟子事先生，

唐宋八大家散文

于兹有年矣。先生口不绝吟于六艺之文，手不停披于百家之编；纪事者必提其要，纂言者必钩其玄；贪多务得，细大不捐；焚膏油以继晷，恒兀兀以穷年。先生之业，可谓勤矣。

韩祠内的韩愈塑像

觝排异端，攘斥佛老；补苴罅漏，张皇幽眇；寻坠绪之茫茫，独旁搜而远绍；障百川而东之，回狂澜于既倒。先生之于儒，可谓有劳矣。浸沉浓郁，含英咀华。作为文章，其书满家。上规姚姒，浑浑无涯；周《诰》殷《盘》，佶屈聱牙；《春秋》谨严，《左氏》浮夸；《易》奇而法，《诗》正而葩；下逮《庄》、《骚》，太史所录，子云、相如，同工异曲。先生之于文，可谓闳其中而肆其外矣。少始知学，勇于敢为；长通于方，左右具宜。先生之为人，可谓成矣。然而公不见信于人，私不见助于友，跋前踬后，动辄得咎。暂为御史，遂窜南夷。三年博士，冗不见治。命与仇谋，取败几时。冬暖而儿号寒，年丰而妻啼饥。头童齿豁，竟死何裨？不知虑此，反教人为？"

【古文今译】

　　话还没说完，队列中有个人笑着说："先生是在欺骗我们吧。学生跟着先生，到今天也有些年了。先生口里就没有停止过吟诵六经之文，手里也不曾停止过翻阅诸子之书，记事的一定给它提出主要内容来，立论的一定勾画出它的奥妙之处来。贪图多得，务求有收获，不论无关紧要的还是意义重大的都不让它漏掉。太阳下去了，就燃起油灯，一年到头，永远在那里孜孜不倦地研究。先生对于学业，可以说是够勤奋了吧。抵制排除那些异端邪说，驱除排斥佛家和道家的学说，补充完善儒学理论上的缺陷与不足，阐发光大其深隐奥妙的意义，钻研那些久已失传的古代儒家学说，还要特别广泛地发掘和继承它们。阻止异端邪说，像拦截洪水一样，向东海排去，把将要被狂澜压倒的正气重新挽救回来。先生对于儒家学说，可以说是立了功劳的吧。沉浸在如醇厚美酒般的典籍中，咀嚼品味着它们的精华，写起文章来，一屋子堆得满满的。上取法自虞、夏之书，那是多么的博大无垠啊；周诰文、殷盘铭，那是多么的曲折拗口啊；《春秋》是多么的谨严，《左传》又是多么的铺张；《易经》奇异而有法则，《诗经》纯正而又华美；下及《庄子》、《离骚》、太史公所录的《史记》，以及扬雄、司马相如的著述，它们虽然各不相同，美妙精能这一点却都是一样的。先生对于文章，可以说是造诣精深博大而下笔波澜壮阔了吧。先生少年就知道好学，敢作敢为，长大以后，通晓礼义，行为得体。先生对于做人，可以说是很成熟的了吧。可是呢，在官场上不被人所信用，私交上也没人帮助你。你就同狼一样，往前走可能会踩住自己下巴上的

屈原塑像

肉，往后退又要绊着自己的尾巴，一举一动都会招来过错。当了一段时间的御史，又被贬至边远的南方。当了三年的博士，懒懒散散，也没表现出什么政绩。运气就像与你有仇似的，迟早碰得一败涂地。冬天暖和，你的孩子还叫冷；年岁富饶，你的妻子却说饿。头发光了，牙齿缺了，这样到老，又有什么用？你不想想这些，还来教训人，这是为什么？"

┈┈┈┈┈┈┈┈┈┈┈┈┈┈┈┈┈┈┈┈┈┈┈┈┈┈

先生曰："吁！子来前！夫大木为杗，细木为桷。欂栌侏儒，椳闑扂楔，各得其宜，施以成室者，匠氏之工也。玉札丹砂，赤箭青芝，牛溲马勃，败鼓之皮，俱收并蓄，待用无遗者，医师之良也。登明选公，杂进巧拙，纡余为妍，卓荦为杰，校短量长，惟器是适者，宰相之方也。昔者孟轲好辩，孔道以明，辙环天下，卒老于行。荀卿守正，大论是弘，逃谗于楚，废死兰陵。是二儒者，吐辞为经，举足为法，绝类离伦，优入圣域，其遇于世何如也？今先生学虽勤而不由其统，言虽多而不要其中，文虽奇而不济于用，行虽修而不显于众。犹且月费俸钱，岁糜廪粟，子不知耕，妇不知织，乘马从徒，安坐而食。踵常途之役役，窥陈编以盗窃。然而圣主不加诛，宰臣不见斥，兹非其幸欤！动而得谤，名亦随之。投闲置散，乃分之宜。若夫商财贿之有亡，计班资之崇庳，忘己量之所称，指前人之瑕疵，是所谓诘匠氏之不以杙为楹，而訾医师以昌阳引年，欲进其豨苓也。"

　　国子先生说："唉，你到前面来啊！要知道那些大的木材做屋梁，小的木材做椽子，做斗栱、短椽的，做门臼、门橛、门闩、门柱的，都计量使用，各自有适宜的位置，建成房屋，这是工匠的技巧。贵重的地榆、朱砂、天麻、龙芝、牛溲、马屁菌、坏鼓的皮，全都收集，储藏齐备，等到需用的时候就没有遗缺的，这是医师的高明啊。提拔人才，公正贤明，选用人才，态度公正。灵巧的人和朴质的人都得引进，谦和的成为佳人，豪放的成为杰出，比较各人短处，衡量各人长处，按照其才能品格分配适当职务，这是宰相的方法啊！从前孟轲爱好辩论，孔子之道得以阐

孔子周游列国

明，他游历的车辙印迹遍布天下，最后在奔走中老去。荀况恪守正道，发扬光大宏伟的理论，因为逃避谗言到了楚国，还是丢官而死在兰陵。这两位大儒，说出话来成为经典，一举一动成为法则，远远超越常人，优异到进入圣人的境界，可是他们在世上的遭遇是怎样呢？现在你们的先生学习虽然勤劳却不能顺守道统，言论虽然不少却不切合要旨，文章虽然写得出奇却无益于实用，行为虽然有修养却并没有突出于一般人的表现，尚且每月浪费国家的俸钱，每年消耗仓库里的粮食；儿子不懂得耕地，妻子不懂得织布；出门乘着车马，后面跟着仆人，安稳地坐着吃饭；局促地按常规行事，眼光狭窄地在旧书里盗窃陈言，抄袭东西。然而圣明的君主不加处罚，也没有被宰相大臣所贬斥，岂不是幸运吗？有所举动就遭到毁谤，名誉也跟着受到影响。被放置在闲散的位置上，实在是恰如其分的。至于在意财物的有无，计较品级的高低，忘记了自己有多大才能、多少分量和什么相称，指摘官长上司的缺点，这就等于所说的责问工匠为什么不用小木桩做柱子，批评医师用菖蒲延年益寿，却想引进他的猪苓啊！"

男儿死耳，不可为不义屈！

祭十二郎文

【古文原典】

年月日，季父愈闻汝之七日，乃能衔哀致诚，使建中远具时羞之奠，告汝十二郎之灵：

呜呼！吾少孤，及长，不省所怙，惟兄嫂是依。中年兄殁南方，吾与汝俱幼，从嫂归葬河阳，既又与汝就食江南，零丁孤苦，未尝一日相离也。吾上有三兄，皆不幸早世。承先人后者，在孙惟汝，在子惟吾，两世一身，形单影只。嫂常抚汝指吾而言曰："韩氏两世，惟此而已。"汝时尤小，当不复记忆；吾时虽能记忆，亦未知其言之悲也。

【古文今译】

　　年、月、日，小叔叔韩愈，在听到你去世消息的第七天，才能强忍哀痛，倾吐衷情，派遣建中打老远赶去，备办些时鲜食品，祭告于十二郎的灵前：

　　呜呼！我幼年丧父，等到长大，还不知道父亲的模样，全是依靠着哥哥和嫂子。哥哥中年时，在南方去世。当时我和你年纪都还小，我跟随嫂嫂送哥哥的灵柩回河阳安葬。随后又和你到江南谋生，孤苦伶仃，我俩没有一天离开过。我上面有三个哥哥，都不幸早死，继承先人之后事的，在孙子辈中只有一个你，在儿子辈中只有一个我，两代都是独苗，形单影只。嫂嫂曾经一手抚你、一手指着我说："韩家两代人，就只有你们了！"你当时更小，大概没有留下什么记忆。我虽然能记得，但

韩愈书写《祭十二郎文》

那时候并不懂得嫂嫂的话有多么悲哀啊！

吾年十九，始来京城。其后四年，而归视汝。又四年，吾往河阳省坟墓，遇汝从嫂丧来葬。又二年，吾佐董丞相于汴州，汝来省吾，止一岁，请归取其孥；明年，丞相薨，吾去汴州，汝不果来。是年，吾佐戎徐州，使取汝者始行，吾又罢去，汝又不果来。吾念汝从于东，东亦客也，不可以久；图久远者，莫如西归，将成家而致汝。呜呼！孰谓汝遽去吾而殁乎！吾与汝俱少年，以为

韩愈祭十二郎

虽暂相别，终当久相与处，故舍汝而旅食京师，以求斗斛之禄；诚知其如此，虽万乘之公相，吾不以一日辍汝而就也！

去年孟东野往，吾书与汝曰："吾年未四十，而视茫茫，而发苍苍，而齿牙动摇。念诸父与诸兄，皆康强而早世，如吾之衰者，其能久存乎？吾不可去，汝不肯来，恐旦暮死，而汝抱无涯之戚也。"孰谓少者殁而长者存，强者夭而病者全乎？

我十九岁那年，初次来到京城。此后四年，才回家看望你。又过了四年，我去河阳凭吊祖坟，遇到你送嫂嫂的

灵柩来河阳安葬。又过了两年，我在汴州辅佐董丞相，你来看望我，只住了一年，你要求回去接家眷来。第二年，董丞相去世，我离开了汴州，你没有来。那一年，我在徐州辅助军事，派去接你的人刚要启程，我又罢职离开了徐州，你又没能够来。我想，你跟随我到东边，东边也是异乡，不能久住；从长远打算，不如向西回到河阳，将家安顿好再接你来。唉！谁料到你竟突然去世离开了我啊！我和你都年轻，满以为尽管暂时分离，终究会长

孟郊

久团聚的，所以才丢下你跑到京城求官做，企图赚点俸粮。如果早知道结果会这样，即便有万乘之国的宰相职位等着我，我也不愿离开你一天而去就任啊！

去年，孟东野前往江南，我托他带给你的信中说："我还未到四十岁，然而视力模糊，头发花白，牙齿松动。想到诸位叔伯和兄长，都是在壮年时便过早去世，像我这样衰弱的身体，能够活得长久吗？我不能离开职守，你又不肯来，生怕我早晚死去，使你陷入无边无际的悲哀啊！"谁料年轻的先死而年长的还活着，强壮的夭折而病弱的却保全了呢？

呜呼!其信然邪?其梦邪?其传之非其真邪?信也,吾兄之盛德而夭其嗣乎?汝之纯明而不克蒙其泽乎?少者强者而夭殁,长者衰者而存全乎?未可以为信也,梦也,传之非其真也?东野之书、耿兰之报,何为而在吾侧也?呜呼!其信然矣!吾兄之盛德而夭其嗣矣!汝之纯明宜业其家者,不克蒙其泽矣!所谓天者诚难测,而神者诚难明矣!所谓理者不可推,而寿者不可知矣!

虽然,吾自今年来,苍苍者或化而为白矣,动摇者或脱而落矣,毛血日益衰,志气日益微,几何不从汝而死也!死而有知,其几何离;其无知,悲不几时,而不悲者无穷期矣。

汝之子始十岁,吾之子始五岁,少而强者不可保,如此孩提者,又可冀其成立耶?呜呼哀哉!呜呼哀哉!

唉!难道这是真的吗?是在做梦吗?还是传送的消息不确实呢?如果是真的,为什么我哥哥有那么美好的德行却丧失了后代?你那么纯正贤明却不能承受他遗留的恩泽?为什么年少身强的反而早死,年长衰弱的反而活着呢?我不敢相信这是真的啊。这是在做梦,还是传错了消息?可是,东野丧信,耿兰的讣闻,为什么又分明放在我身边呢?唉!这是真的啊!我哥哥的美好品德反而使得他的儿子夭亡了啊!你纯洁聪明最适于继承家业,却不能承受先人的恩泽了啊!所谓"天"实在测不透,所谓"神"的确弄不清啊!所谓"理"简直没法推测,所谓"寿"根本不可知啊!

虽然如此,从今年以来,我花白的头发有的已经全白了,动摇的牙齿有的已经脱落了,体质一天比一天衰弱,精神一天比一天衰退，还有多少时间不跟随你死去呢！死后如果有知觉，那我们的分离还能有多久？如果没有知觉，那我哀伤的时间也就不会长，而不哀伤的日子倒是无穷无尽啊！现在你的儿子才十岁，我的儿子刚五岁。年少身强的都不能保全，像这样的孩子，又怎么能希望他们长大成人呢？呜呼，悲恸啊！呜呼，悲恸啊！

【古文原典】 ·····················

汝去年书云："比得软脚病，往往而剧。"吾曰："是疾也，江南之人，常常有之。"未始以为忧也。呜呼！其竟以此而殒其生乎！抑别有疾而至斯乎？

汝之书，六月十七日也。东野云：汝殁以六月二日。耿兰之报无月日。盖东野之使者，不知问家人以月日；如耿兰之

祭十二郎图

报，不知当言月日。东野与吾书，乃问使者，使者妄称以应之耳。其然乎？其不然乎？

今吾使建中祭汝，吊汝之孤与汝之乳母，彼有食可守以待终丧，则待终丧而取以来；如不能守以终丧，则遂取以来。其余奴婢，并令守汝丧。吾力能改葬，终葬汝于先人之兆，然后惟其所愿。

【古文今译】 ·····················

你去年来信说："近来得了脚气病，时常发作得很厉

河南孟州韩愈陵园一景

害。"我说:"这种病,江南人是常有的。"未曾为你这种病而担忧。唉!难道这种病竟然夺去了你的生命吗?还是又患重病而无法挽救呢?你的信,是六月十七日写的;东野来信说,你死于六月二日;耿兰报丧的信没有说明你死于哪月哪日。可能是东野的使者没有向家人问明死期;耿兰报丧的信不懂得应当说明死期;东野给我写信时向使者询问死期,使者不过信口胡乱回答罢了。究竟是不是这样呢?

现在我派建中前来祭奠你,慰问你的儿子和你的奶妈。

他们家中有粮，可以为你守灵直到丧事结束，那么就等到丧事结束之后再接他们来；如果不能等到丧事结束，就立即接他们来，其余奴婢下人，都让他们为你守丧。如果我有能力给你迁葬，最终一定把你埋葬到祖先的墓地里，然后才算了却我的心愿。

【古文原典】∴∴∴∴∴∴∴∴∴∴∴∴∴∴∴∴∴∴∴∴∴∴∴∴∴∴∴

　　呜呼！汝病吾不知时，汝殁吾不知日。生不能相养以共居，殁不得抚汝以尽哀。敛不凭其棺，窆不临其穴。吾行负神明，而使汝夭，不孝不慈，而不得与汝相养以生，相守以死。一在天之涯，一在地之角，生而影不与吾梦相依，死而魂不与吾梦相接。吾实为之，其又何尤。彼苍者天，曷其有极！

　　自今已往，吾其无意于人世矣。当求数顷之田，于伊、颍之上，以待余年，教吾子与汝子，幸其成；长吾女与汝女，待其嫁，如此而已。

　　呜呼！言有穷而情不可终，汝其知也邪？其不知也邪？呜呼哀哉！尚飨。

【古文今译】∴∴∴∴∴∴∴∴∴∴∴∴∴∴∴∴∴∴∴∴∴∴∴∴∴∴∴

　　唉！你生病我不知道时间，你去世我不知道日期。你活着我们不能互相照顾，同住一起；你死后我又不能抚摸你的遗体，尽情痛哭；入殓之时不曾紧靠你的棺材，下葬之时不曾俯视你的墓穴。我的德行有负于神灵，因而使你夭亡；我不孝顺、不慈爱，因而既不能和你互相照顾、一同生活，又不能和你互相依傍、一起死去。一个在天涯，一个在地角，活着的时候，你的影子不能和我的身子靠拢；

去世以后，你的灵魂不能和我的梦魂亲近。这实在是我造成的，又能怨恨谁呢！苍天啊，我的痛苦何时才有尽头！

　　从今以后，我没有心思活在人世了！我应当在伊水和颖水边上买些田地，来度过我的晚年，教育我的儿子和你的儿子，期望他们长大成人；抚养我的女儿和你的女儿，等到她们出嫁，我的心愿不过如此罢了。

　　唉！言语总有说尽的时候，而悲痛的心情却是没完没了的，你能够理解吗？还是什么都不知道了呢？唉！伤心啊！希望你的灵魂能来享用我的祭品啊！

柳宗元

LIU ZONGYUAN

柳宗元（773—819），字子厚，唐代文学家、哲学家。祖籍河东（今山西永济），后迁长安（今陕西西安），世称柳河东。因官终柳州刺史，又称柳柳州。与韩愈共同倡导唐代古文运动，并称"韩柳"。柳宗元反对六朝以来笼罩文坛的绮靡浮艳文风，提倡质朴流畅的散文，其代表作有《封建论》《捕蛇者说》《永州八记》等篇。

封建论

【古文原典】

天地果无初乎？吾不得而知之也。生人果有初乎？吾不得而知之也。然则孰为近？曰：有初为近。孰明之？由封建而明之也。彼封建者，更古圣王尧、舜、禹、汤、文、武而莫能去之。盖非不欲去之也，势不可也。势之来，其生人之初乎？不初，无以有封建。封建，非圣人之意也。

彼其初与万物皆生，草木榛榛，鹿豕狉狉，人不能搏噬，而且无毛羽，莫克自奉自卫，荀卿有言：必将假物以为用者也。夫假物者必争，争而不已，必就其能断曲直者而听命焉。其智而明者，所伏必众；告之以直而不改，必痛之而后畏；由是君长刑政生焉。故近者聚而为群。群之分，其争必大，大而后有兵有德。又有大者，众群之长又就而听命焉，以安其属，于是有诸侯之列。则其争又有大者焉。

德又大者，诸侯之列又就而听命焉，以安其封；于是有方伯、连帅之类。则其争又有大者焉。德又大者，方伯、连帅之类，又就而听命焉，以安其人，然后天下会于一。是故有里胥而后有县大夫，有县大夫而后有诸侯，有诸侯而后有方伯、连帅，有方伯、连帅而后有天子。自天子至于里胥，其德在人者，死必求其嗣而奉之。故封建非圣人意也，势也。

柳宗元

【古文今译】

　　天地是真的没有初起阶段吗？我没办法知道。人类真的有初起阶段吗？我也无法知道。可是，哪种说法更接近事实呢？回答说："有初起阶段的比较接近事实。"用什么来证明它呢？从分封建国的制度就可以证明。那分封建国的制度经历了圣王尧、舜、禹、汤、文、武，都没能废除。并不是他们不想废除它，而是形势不允许。这种形势的产生，大概就是人类的起初阶段吧。没有起始阶段，也就不可能有封建制。封建制的出现并不是圣人的意愿。

　　人类的起始阶段与万物一同生活。那时，草木杂乱丛生，鹿、猪等兽类成群地奔跑。人类不能像兽类那样击打、撕咬食物，而且没有毛羽可以御寒，不能够供养自己、保卫自己。荀子说过：一定要借助外物来为人类利用。借助外物的时候一定会发生争斗，一旦不能停止，一定会在他们中间找到能够判断是非的人，并听从他的命令。凭他的才智和聪明，服从他的人必定有很多。他告诉人们哪些是对的。假如他们不悔改，他必定会狠狠地斥责他们，然后他们就惧怕他，因此，君长、刑法、政教就产生了。所以住在相近的就聚在一起形成一个群落。分成群落后，群落之间的争斗必然会更厉害，争斗得更厉害就会有军队、道德、教化。在武力和德行方面有更大权威的人，各个群落的首领又聚在一起听从他的命令，来安定他们的部属，于是有了众多的诸侯。那么他们之间争斗的规模更大，又有才德更高的人，众多的诸侯又去听从他的命令，来安定他们的封地，于是有了方伯、连帅一类的人。那么他们之间争斗的规模又更大，又有才德更高的人，方伯、连帅一类的首领，又去听从他的命令，来安定自己的人民，然后天下听命于天子一人。因此，有了里胥然后才有县官，有了县官才会有诸侯，有了诸侯才会有方伯、连帅，有了方伯、连帅才会有天子。从天子到里胥，他们中有道德的人，死后必定会寻求他的后代并尊奉他为首领。所以封建制的产生并不是圣人的意愿，是由形势决定的。

【古文原典】

　　夫尧、舜、禹、汤之事远矣，及有周而甚详。周有天下，裂土田而瓜分之，设五等，邦群后，布履星罗，四周于天下，轮运而辐集，合为朝觐会同，离为守臣扞城。然而降于夷王，害礼伤尊，下堂而迎觐者。历于宣王，挟中兴复古之德，雄南征北伐之威，卒不能定鲁侯之嗣。陵夷迄于幽、厉，王室东徙，而自列为诸侯矣。厥后，问鼎之轻重者有之，射王中肩者有之，伐凡伯、诛苌弘者有之，天下乖戾，无君君之心。余以为周之丧久矣，徒建空名于公侯之上耳！

得非诸侯之盛强，末大不掉之咎欤？遂判为十二，合为七国，威分于陪臣之邦，国殄于后封之秦。则周之败端，其在乎此矣。

秦有天下，裂都会而为之郡邑，废侯卫而为之守宰，据天下之雄图，都六合之上游，摄制四海，运于掌握之内，此其所以为得也。不数载而天下大坏，其有由矣。亟役万人，暴其威刑，竭其货贿。负锄梃谪戍之徒，圜视而合从，大呼而成群。时则有叛人而无叛吏，人怨于下而吏畏于上。天下相合，杀守劫令而并起。咎在人怨，非郡邑之制失也。

（宋）马麟《夏禹王像》

禹以治水扬名，是我国历史上第一位文明国家的君主。

【古文今译】

尧、舜、禹、汤的事情离现在已经很远。至于周朝的事，知道的却很详细。周拥有天下后，像切瓜一样把土地分封给诸侯，设置了公、侯、伯、子、男五个爵位。分封后，各个诸侯星罗棋布，散布在天下，如同运转的车轮，车辐都集中在轮轴上，要聚合时就进朝去朝见天子，离开后就成为守卫城市的大臣。可是后来传到周夷王时，周夷王却破坏了礼制，损害了天子的尊严，走下宝座去迎接觐见的人。到了周宣王，凭着复兴周初的道德风光，南征北伐的雄威，最终不能决定鲁侯的继承人。西周王朝的势力继续衰落，到周幽王、周厉王时，国都遭到少数民族的攻击，被迫迁到洛阳，而且把自己降到诸侯的地位。从此以后，有打听九鼎大小轻重的人，有射中周天子肩膀的人，有袭击周天子的大臣凡伯，迫使周天子诛杀苌弘的人。天下都在背离周天子，没有把天子当成天子看待的观念了。我以为周朝失去实权已经很久了，在诸侯之上徒有一个天子的空名罢了。那难道不是诸侯太强大了，尾大不掉的过错吗？随后，天下分为鲁、齐、秦、晋、楚、宋、卫、陈、蔡、曹、郑、燕十二国，后又合为秦、楚、齐、燕、韩、赵、魏七国。周王朝的威信分在各个诸侯王所建的国家里，并灭亡在最后分封的秦国手里。可见周王朝的衰败灭亡的起因，是由分封造成的！

秦占有天下，以诸侯的都城为中心，设置郡县，废掉诸侯，设立郡守县宰，据守天下形势险要的地方，首都设在地势最好的咸阳，控制着全国，紧紧地握住统治大权，这是秦做得对的地方。没过几年，天下大乱，是有缘由的：频繁地役使天下百姓，残暴地施行严酷的刑罚，刮尽百姓的钱财。那些肩扛锄头、被罚去防守边地的人，彼此相视，联合起来，大呼造反，跟随他们的人成群结队。那时只有反叛的百姓而没有反叛的官吏，老百姓在下面怨恨朝廷而官吏却畏惧朝廷。天下的百姓互相应和，杀死郡守，劫走县令一齐起来造反。错在激起了百姓的怨怒，并不是郡县制的罪过。

【古文原典】 ∷∷∷∷∷∷∷∷∷∷∷∷∷∷∷∷∷∷∷∷∷∷∷∷∷∷∷∷

汉有天下，矫秦之枉，徇周之制，剖海内而立宗子，封功臣。数年之间，奔命扶伤之不暇。困平城，病流矢，陵迟不救者三代。后乃谋臣献画，而离削自守矣。然而封建之始，郡邑居半，时则有叛国而无叛郡。秦制之得，亦以明矣。继汉而帝者，虽百代可知也。

唐兴，制州邑，立守宰，此其所以为宜也。然犹桀猾时起，虐害方域者，失不在于州而在于兵，时则有叛将而无叛州。州县之设，固不可革也。

汉拥有天下，纠正秦的偏差，沿用周朝的制度，分割天下，把土地封给王子、宗室、功臣。几年内，朝廷奔忙于营救百姓的性命，医治战争的创伤而没有空闲。汉高祖为讨伐韩王信，被匈奴围困在平城，为平定英布的叛乱被乱箭射伤，王室日渐卑微已有三代。然后，才有谋臣出谋划策，分散削弱他们的力量，使他们安分自守。可是分封建国的初期，设郡县的占了一半。当时只有造反的封国而没有反叛的郡县。秦朝郡县制的正确性，也就得到了证明。继汉朝以后称帝的，即使超过百代也可以看出郡县制的正确性。

唐朝兴起，设置州县，任命刺史、县令，那样做是很适宜的。可是仍然经常有凶残狡猾的人起来作乱，危害一方。过失不在于州县制而在于兵制，当时只有反叛的将军而没有反叛的州县。可见，州县制度，确实不可以革除。

汉殿论功图

唐宋八大家散文

或者曰："封建者，必私其土，子其人，适其俗，修其理，施化易也。守宰者，苟其心，思迁其秩而已，何能理乎？"余又非之。

周之事迹，断可见矣。列侯骄盈，黩货事戎。大凡乱国多，理国寡，侯伯不得变其政，天子不得变其君。私土子人者，百不有一。失在于制，不在于政，周事然也。

秦之事迹，亦断可见矣。有理人之制，而不委郡邑，是矣；有理人之臣，而不使守宰，是矣。郡邑不得正其制，守宰不得行其理。酷刑苦役，而万人侧目。失在于政，不在于制，秦事然也。

汉兴，天子之政行于郡，不行于国；制其守宰，不制其侯王。侯王虽乱，不可变也；国人虽病，不可除也。及夫大逆不道，然后掩捕而迁之，勒兵而夷之耳。大逆未彰，奸利浚财，怙势作威，大刻于民者，无如之何。及夫郡邑，可谓理且安矣。何以言之？且汉知孟舒于田叔，得魏尚于冯唐，闻黄霸之明审，睹汲黯之简靖，拜之可也，复其位可也，卧而委之以辑一方可也。有罪得以黜，有能得以赏。朝拜而不道，夕斥之矣；夕受而不法，朝斥之矣。设使汉室尽城邑而侯王之，纵令其乱人，戚之而已。孟舒、魏尚之术，莫得而施；黄霸、汲黯之化，莫得而行。明谴而导之，拜受而退已违矣。下令而削之，缔交合从之谋，周于同列，则相顾裂眦，勃然而起。幸而不起，则削其半。削其半，民犹瘁矣，曷若举而移之以全其人乎？汉事然也。

今国家尽制郡邑，连置守宰，其不可变也固矣。善制兵，谨择守，则理平矣。

　　有的人说："封建制的世袭君长，一定会把他管辖的地区当作自己的土地尽心治理，把他管辖的老百姓当作自己的儿女悉心爱护，使那里的风俗变好，把那里的政治治理好，这样施行教化就比较容易。郡县制的州县地方官，抱着得过且过的心理，一心只想升官罢了，怎么能把地方治理好呢？"我认为这种说法也是不对的。

　　周朝的情况，毫无疑问地可以看清楚了：诸侯骄横，贪财好战，大致是政治混乱的国家多，治理得好的国家少。诸侯的霸主不能改变政治混乱之国的政治措施，天子无法撤换不称职的诸侯国的君主，真正爱惜土地爱护人民的诸侯，一百个中间也没有一个。造成这种弊病的原因在于封建制，不在于政治方面。周朝的情况就是如此。

　　秦朝的情况，也完全可以看清楚了：朝廷有治理百姓的制度，而不让郡县专权，这是正确的；中央有管理政务的大臣，不让地方官自行其是，这也是正确的。但是郡县不能正确发挥郡县制的作用，郡守、县令不能很好地治理人民。残酷的刑罚、繁重的劳役，使万民怨恨。这种过失在于政治方面，不在于郡县制本身。秦朝的情况便是这样。

　　汉朝建立的时候，天子的政令只能在郡县推行，不能在诸侯国推行；天子只能控制郡县长官，不能控制诸侯王。诸侯王尽管胡作非为，天子也不能撤换他们；诸侯王国内的百姓尽管深受祸害，朝廷却无法解除他们的痛苦。只是等到诸侯王叛乱造反，才把他们逮捕、流放或率兵讨伐，以至灭掉他们。当他们的罪恶尚未充分暴露的时候，尽管他们非法牟利搜刮钱财，依仗权势作威作福，给百姓造成严重的伤害，朝廷也不能对他们怎么样。至于郡县，可以说是政治清明、社会安定了。根据什么这样讲呢？汉文帝从田叔那里了解到孟舒，从冯唐那里了解到魏尚，汉宣帝听说黄霸执法明察审慎，汉武帝看到汲黯为政简约清静，那么就可以任命黄霸做官，可以恢复孟舒、魏尚原来的官职，甚至可以让汲黯躺着任职，委任他只凭威望去安抚一个地区。官吏犯了罪可以罢免，有才干可以奖赏。早上任命的官吏，如果发现他不行正道，晚上就可以撤了他；晚上接受任命的官吏，如果发现他违法乱纪，第二天早上就可以罢免他。假使汉王朝把城邑全部都分割给侯王，即使他们危害人民，也只好对他发愁罢了。孟舒、魏尚的治理方法不能施行，黄霸、汲黯的教化无法推行。如果公开谴责并劝导这些侯王，他们当面接受，但转过身去就违反了；如果下令削减他们的封地，互相串通联合行动的阴谋就会遍及侯王各国之间，那么大家都怒眼圆睁、气势汹汹地反叛朝廷。如果他们不起来闹事，就削减他们的一半封地，即使削减一半，百姓还是受害了，何不把诸侯王完全废除掉来保全那里的人民呢？汉朝的情况就是这样。

今天国家完全实行郡县制，不断地任命郡县长官，这种情况是肯定不能改变了。只要好好地控制军队，慎重地选择地方官吏，那么政局就会安定了。

【古文原典】∶∶∶∶∶∶∶∶∶∶∶∶∶∶∶∶∶∶∶∶∶∶∶∶∶∶∶∶∶∶∶∶∶∶∶∶∶∶∶

　　或者又曰："夏、商、周、汉封建而延，秦郡邑而促。"尤非所谓知理者也。魏之承汉也，封爵犹建。晋之承魏也，因循不革。而二姓陵替，不闻延祚。今矫而变之，垂二百祀，大业弥固，何系于诸侯哉？

或者又以为："殷、周，圣王也，而不革其制，固不当复议也。"是大不然。夫殷、周之不革者，足不得已也。盖以诸侯归殷者三千焉，资以黜夏，汤不得而废；归周者八百焉，资以胜殷，武王不得而易。徇之以为安，仍之以为俗，汤、武之所不得已也。夫不得已，非公之大者也，私其力于己也，私其卫于子孙也。秦之所以革之者，其为制，公之大者也；其情，私也，私其一己之威也，私其尽臣畜于我也。然而公天下之端自秦始。

商汤

夫天下之道，理安，斯得人者也。使贤者居上，不肖者居下，而后可以理安。今夫封建者，继世而理。继世而理者，上果贤乎？下果不肖乎？则生人之理乱未可知也。将欲利其社稷，以一其人之视听，则又有世大夫世食禄邑，以尽其封略。圣贤生于其时，亦无以立于天下，封建者为之也。岂圣人之制使至于是乎？吾固曰："非圣人之意也，势也。"

【古文今译】··

　　有人又说："夏、商、周、汉四代实行封建制，他们统治的时间都很长久，而秦朝实行郡县制，统治的时间却很短。"这更是不懂得治理国家的人说的话。魏继承汉朝，分封贵族的爵位仍然实行封建制；西晋继承魏，因袭旧制不加改变，但魏和晋都很快就衰亡了，没听说有国运长久的。现在唐朝纠正魏晋的过失改变了制度，国事已历经两百年，

唐宋八大家散文

〇三七

国家基业更加巩固，这与分封诸侯又有什么关系呢？

　　有人又认为："治理商、周二代的是圣明的君王啊，他们都没有改变封建制，那么，本来就不应当再议论这件事了。"这种说法不对。商、周二代没有废除封建制，是不得已的。因为当时归附商朝的诸侯有三千个，商朝靠了他们的力量才灭掉了夏，所以商汤不能废除他们；归附周朝的诸侯有八百个，周朝凭借他们的力量才战胜了商朝，所以周武王也不能废弃他们。沿用它来求得安定，因袭它来作为习俗，这就是商汤、周武王不得不这样做的原因。他们是不得已的，并不是什么大公无私的美德，而是有私心，是要使诸侯为自己出力，并保卫自己的子孙。秦朝用废除分封诸侯的办法来作为制度，是最大的公；它的动机是为私的，是皇帝想要巩固个人的权威，使天下的人都臣服于自己。但是废除分封，以天下为公，却是从秦朝开始的。

　　至于天下的常理，是治理得好、政局安定，这才能得到人民的拥护。使贤明的人居上位，不肖的人居下位，然后才会清明安定。封建制的君长，是一代继承一代地统治下去的。这种世袭的统治者，居上位的果真贤明吗？居下位的真的不肖吗？这样，人民究竟是得到太平还是遭遇祸乱，就无法知道了。如果想要对国家有利而统一人民的思想，而同时又有世袭大夫世世代代统治他们的封地，占尽了诸侯国的全部国土，即使有圣人贤人生在那个时代，也会没有立足之地，这种后果就是封建制造成的。难道是圣人的制度要使事情坏到这种地步吗？所以我说："这不是圣人的本意，而是形势发展的结果。"

黔之驴

【古文原典】······

　　黔无驴，有好事者船载以入。至则无可用，放之山下。虎见之，庞然大物也，以为神。蔽林间窥之，稍出近之，慭慭然莫相知。他日，驴一鸣，虎大骇，远遁，以为且噬己也，甚恐。然往来视之，觉无异能者。益习其声，又近出前后，终不敢搏。稍近，益狎，荡倚冲冒。驴不胜怒，蹄之。虎因喜，计之曰："技止此耳。"因跳踉大㘎，断其喉，尽其肉，乃去。

　　噫！形之庞也类有德，声之宏也类有能。向不出其技，虎虽猛，疑畏，卒不敢取。今若是焉，悲夫！

【古文今译】······

　　黔地没有驴子，有一个好事的人用船运了一头驴子进去。到了那里却没有什么用处，就把驴放在山脚下。老虎见到驴，看到那么巨大的身躯，把驴当作神仙。躲在树林里偷看，又慢慢出来接近它，谨慎小心地观察，不知道它究竟是什么东西。有一天，驴子叫了一声，老虎非常害怕，

柳州柳宗元衣冠墓

远远地逃走了，以为驴子要来咬自己。可是来回观察驴子，感到它没有什么特殊的本领，同时也越来越习惯了驴子的叫声。又靠近一些，在它的前后走来走去，始终不敢上前抓它。老虎又靠近一些，更加随便，开始靠近、冲撞、冒犯。驴子非常愤怒，就用蹄子去踢。老虎于是高兴起来，心里盘算这件事说："本领只有这点罢了。"于是跳起来大声吼叫，咬断驴子的喉咙，吃光驴子的肉，然后走开。

唉！形状庞大看上去有德性，声音洪亮像是有才能。假使不暴露出自己的弱点，老虎虽然凶猛，疑虑畏惧，到底不敢随便动手。现在落得这般模样，可悲啊。

捕蛇者说

【古文原典】

永州之野产异蛇，黑质而白章，触草木，尽死，以啮人，无御之者。然得而腊之以为饵，可以已大风、挛踠、瘘疬，去死肌，杀三虫。其始，太医以王命聚之，岁赋其二，募有能捕之者，当其租入。永之人争奔走焉。

有蒋氏者，专其利三世矣。问之，则曰："吾祖死于是，吾父死于是，今吾嗣为之十二年，几死者数矣。"言之，貌若甚戚者。

余悲之，且曰："若毒之乎？余将告于莅事者，更若役，复若赋，则何如？"

【古文今译】

永州的郊野有一种奇异的蛇，黑色的皮肤，上有白色的斑纹。它碰过的草木全都会枯死；若咬了人，就没有医治的办法。但把它捉了来，风干以后制成药饵，却可以治好麻风、手脚麻痹、脖子肿和癞疮等恶性疾病；还可以消除烂肉，杀死人体内的寄生虫。起初，太医用皇帝的命令征集这种蛇，每年征收两次，招募能捕捉它的人，准许他们用蛇来抵应缴的租税。永州的老百姓都争着去干这件差事。

有个姓蒋的人家，专享这种好处有三代了。我向他打听，他却说："我爷爷死在捕蛇上，我爹死在捕蛇上，我接着干这件差事十二年了，险些送了命也有好几次了。"说这话的时候，脸上好像很悲伤。

我很同情他，就问他："你怨恨这件差事吗？我打算告诉主管人，换掉你这件差事，恢复你的赋税，你看怎么样呢？"

【古文原典】••••••••••••••••••••

蒋氏大戚，汪然出涕曰："君将哀而生之乎？则吾斯役之不幸，未若复吾赋不幸之甚也。向吾不为斯役，则久已病矣。自吾氏三世居是乡，积于今六十岁类，而乡邻之生日蹙，殚其地之出，竭其庐之入，号呼而转徙，饥渴而顿踣，触风雨，犯寒暑，呼嘘毒疠，往往而死者相藉也。曩与吾祖居者，今其室十无一焉；与吾父居者，今其室十无二三焉；与吾居十二年者，今其室十无四五焉。非死而徙尔。而吾以捕蛇独存。悍吏之来吾乡，叫嚣乎东西，隳突乎

《捕蛇者说》

南北，哗然而骇者，虽鸡狗不得宁焉。吾恂恂而起，视其缶，而吾蛇尚存，则弛然而卧。谨食之，时而献焉。退而甘食其土之有，以尽吾齿。盖一岁之犯死者二焉；其余则熙熙而乐。岂若吾乡邻之旦旦有是哉！今虽死乎此，此吾乡邻之死则已后矣，又安敢毒耶？"

余闻而愈悲。孔子曰："苛政猛于虎也。"吾尝疑乎是，今以蒋氏观之，犹信。呜呼！孰知赋敛之毒，有甚是蛇者乎！故为之说，以俟夫观人风者得焉。

【古文今译】

他大为悲伤，眼泪汪汪，说道："您想哀怜我，让我能够活下去吗？那么我告诉您，我干这差事遭受的不幸，是远不如恢复租赋遭受的不幸的。要是先前我不干这差事，那我早已困苦不堪了。自从我家住在这个地方，三代人到现在，已经六十年了。这六十年间，乡邻们的生活一天比一天窘迫，他们把田里的出产全部拿出，把家里的收入全部用尽，也交不够租赋，只得哭号着辗转迁徙，饥渴交迫而倒毙在地，顶着狂风暴雨的袭击，受着严寒酷暑的煎熬，呼吸着带毒的空气，常常是死去的人一个压一个。从前和我爷爷住在一起的人家，现在十户当中难得有一户了；和我父亲住在一起的人家，现在十户当中难得有两三户了；和我一起住了十二年的人家，现在十户当中难得有四五户了。那些人家不是死绝了就是迁走了。然而我由于捕蛇而独自存活下来。凶暴的官吏来到我们这个地方，四外狂喊乱叫，到处骚扰毁坏，气势汹汹，惊骇乡里，就连鸡狗都不得安宁啊。我心中惦记，起身看看那瓦罐，蛇还在里面，我又放心躺下了。我小心喂养蛇，到时候把蛇送上去交了差。

回家后我有滋有味地吃着田地里长出的东西，来过完我的岁月。一年当中冒死的情况只是两次，其余时间我就可以快快乐乐地过日子了。哪像我的乡邻们天天都要面临死亡呢！现在我即使死在这差事上，比起那些死去的乡邻已经是晚的，我怎么敢怨恨这差事呢？"

听了这些话，我更加悲痛。孔子说："横征暴敛比老虎还要凶狠啊。"我曾经怀疑过这句话。现在从蒋氏的遭遇来看，还是真实可信的。唉，谁能想到横征暴敛的毒害比这种毒蛇还要厉害呢？所以我为此事写了这篇"说"，我期待着那些考察民情的人能了解这种情况。

始得西山宴游记

【古文原典】

自余为僇人，居是州，恒惴栗。其隙也，则施施而行，漫漫而游。日与其徒上高山，入深林，穷回溪，幽泉怪石，无远不到。到则披草而坐，倾壶而醉。醉则更相枕以卧，卧而梦。意有所极，梦亦同趣。觉而起，起而归。以为凡是州之山水有异态者，皆我有也，而未始知西山之怪特。

今年九月二十八日，因坐法华西亭，望西山，始指异之。遂命仆人过湘江，缘染溪，斫榛莽，焚茅茷，穷山之高而止。攀援而登，箕踞而遨，则凡数州之土壤，皆在衽席之下。其高下之势，岈然洼然，若垤若穴，尺寸千里，攒蹙累积，莫得遁隐；萦青缭白，外与天际，四望如一。然后知是山之特立，不与培塿为类。悠悠乎与颢气俱，而莫得其涯；洋洋乎与造物者游，而不知其所穷。引觞满酌，颓然就醉，不知日之人。苍然暮色，自远而至，至无所见，而犹不欲归。心凝形释，与万化冥合。然后知吾向之未始游，游于是乎始，故为之文以志。是岁，元和四年也。

　　自从我成了被贬受辱的人，居住在这个州里，经常惊恐不安。在那空闲的时候，就缓步地行走，漫无目的地游历，天天与我的同事、朋友上高山、入深林，走遍迂回曲折的溪流。凡是有幽泉怪石的地方，无论多远，没有不到的；一到就拨开茅草坐下，倒出壶里的酒来尽情喝醉；醉了就互相枕靠着睡觉，睡着了做起梦来，心中想到哪里，梦也做到哪里；醒来后即起来，起来后即回家。以为凡是这个州的山水有奇异姿态的，都为我所拥有、欣赏了，但未曾知道西山的怪异独特。

　　今年九月二十八日，因为坐在法华西亭，远望西山，才开始指点着它并称道它的奇异。于是带着仆人渡过湘江，沿着染溪而行，砍伐丛生的草木，焚烧茂密的茅草，直至山的高处才停止。然后，我们攀缘着登上山去，伸开两腿坐下，观赏风景，只见一切都在自己的坐席之下。它们高高低低的形势：山峰高耸，山谷凹陷，有的像小土堆，有的像洞穴；千里内外的景物近在眼前，种种景物聚集、缩拢在一块，没有能够逃离、隐藏在视线之外的；青山白水互相缠绕，视野之外的景物与高天相连，向四面眺望都是一样的。然后知道这座山的卓然耸立，不与小丘同类。心神无穷无尽地与天地间的大气融合，没有谁知道它们的边界；无边无际，与大自然游玩，不知道它们的尽头。拿起酒杯来倒满酒，喝醉得身子倾倒，不知道太阳落山了。昏暗的夜色，从远处来临，来了就什么也看不见了，但还不想回家。心神凝住了，形体消散了，与万物暗暗地融合为一体。我这才认识到以前的游览不能算作游览，真正的游览从这一次才开始。所以为这次游览写了篇文章作为记述。元和四年所作。

至小丘西小石潭记

【古文原典】

从小丘西行百二十步，隔篁竹，闻水声，如鸣珮环，心乐之。伐竹取道，下见小潭，水尤清冽，全石以为底，近岸卷石底以出，为坻为屿，为嵁为岩。青树翠蔓，蒙络摇缀，参差披拂。潭中鱼可百许头，皆若空游无所依。日光下澈，影布石上，佁然不动，俶尔远逝，往来翕忽，似与游者相乐。

潭西南而望，斗折蛇行，明灭可见。其岸势犬牙差互，不可知其源。坐潭上，四面竹树环合，寂寥无人，凄神寒骨，悄怆幽邃。以其境过清，不可久居，乃记之而去。

同游者吴武陵、龚古，余弟宗玄；隶而从者，崔氏二小生，曰恕己，曰奉壹。

《小石潭记》文意

【古文今译】

　　从小丘向西行走一百二十步的样子，隔着竹林，就能听到水声，好像挂在身上的玉珮、玉环相互碰撞的声音，心里很是高兴。于是砍了竹子，开出一条小路，顺势往下走便可见一个小潭，潭水特别清澈。整个潭底是一块石头，靠近岸边，石底有的部分翻卷出水面，形成坻、屿、嵁、岩等各种不同的形状。青葱的树木，翠绿的藤蔓，遮盖、缠绕、摇动、低垂，参差不齐，随风飘动。

　　潭中游鱼一百来条，都像在空中游动，无依靠似的。阳光直射潭底，把鱼影映在水底的石面上，呆呆地不动；忽然又向远处游去。来来往往轻快敏捷，好像在与游人一起娱乐。

　　顺着水潭向西南方向望去，溪流像北斗七星那样曲折，又像蛇爬行那样弯曲，或隐或现，都看得清楚。溪岸的形势像犬牙般交错参差，无法看到水的源头。我坐在潭边，四周有竹子和树林围绕着，静悄悄的没有人迹，使人感到心境凄凉，寒气彻骨，真是太寂静幽深了。由于这地方过于冷清，不能长时间停留，于是就把当时的情景记下来便离去了。

　　同我一起游玩的人，有吴武陵、龚古，我的弟弟宗玄。作为随从跟着我们来的，有两个姓崔的年轻人，一个叫恕己，一个叫奉壹。

【古文原典】

　　郭橐驼，不知始何名。病偻，隆然伏行，有类橐驼者，故乡人号之驼。驼闻之，曰："甚善。名我固当。"因舍其名，亦自谓橐驼云。其乡曰丰乐乡，在长安西。驼业种树，凡长安豪富人为观游及卖果者，皆争迎取养。视驼所种树，或移徙，无不活；且硕茂，蚤实以蕃。他植者虽窥伺效慕，莫能如也。

　　有问之，对曰："橐驼非能使木寿且孳也，以能顺木之天，以致其性焉尔。凡植木之性，其本欲舒，其培欲平，其土欲故，其筑欲密。既然已，勿动勿虑，去不复顾。其莳也若子，其置也若弃，则其天者全而其性得矣。故吾不害其长而已，非有能硕而茂之也；不抑耗其实而已，非有能蚤而蕃之也。他植者则不然，根拳而土易，其培之也，若不过焉则不及。苟有能反是者，则又爱之太殷，忧之太勤，且视而暮抚，已去而复顾。甚者爪其肤以验其生枯，摇其本以观其疏密，而木之性日以离矣。虽曰爱之，其实害之；虽曰忧之，其实仇之，故不我若也，吾又何能为哉！"

　　问者曰："以子之道，移之官理，可乎？"驼曰："我

柳宗元雕像

知种树而已，理非吾业也。然吾居乡，见长人者，好烦其令，若甚怜焉，而卒以祸。旦暮，吏来而呼曰：'官命促尔耕，勖尔植，督尔获，蚤缫而绪，蚤织而缕，字而幼孩，遂而鸡豚！'鸣鼓而聚之，击木而召之。吾小人辍飧饔以劳吏者，且不得暇，又何以蕃吾生而安吾性耶？故病且怠。若是，则与吾业者，其亦有类乎？"

问者嘻曰："不亦善夫！吾问养树，得养人术。"传其事以为官戒。

【古文今译】::

郭橐驼，不知道原先叫什么。由于得了佝偻病，后背高高隆起，俯伏着走路，好像骆驼的样子，所以乡里人称呼他"橐驼"。橐驼听到这个外号，说："好得很，用它来称呼我确实很恰当。"于是舍弃他的原名，也自称"橐驼"

柳州之柳宗元功绩雕塑

了。他的家乡是丰乐乡，在长安城的西郊。橐驼以种树为职业，凡是长安城的豪绅人家修建观赏游览的园林，以及卖水果的商人，都争相迎请雇用他。看橐驼所种植的树木，或者移栽的树木，没有不成活的，而且高大茂盛，果实结得又早又多。其他种树的人虽然偷偷地察看仿效，都赶不上他。

　　有人问他原因，他回答说："我郭橐驼并不能使树木活得长久而且生长得快，只不过能够顺应树木自然生长的规律，使它按照自己的习性成长罢了。一般说来，种植树木的习性要求是：树根要舒展，培土要均匀，移栽树木要保留根部的旧土，土要细密。这样做了以后，不要再去动它，也不要再为它担心，离开后就不必再去看顾它了。树木移栽的时候要像培育子女一样精心细致，栽好后置于一旁要像把它丢弃一样，那么树木的生长规律就可以不受破坏，而能按照它的本性自然生长了。所以我只是不妨碍它生长罢了，并没有使它长得高大茂盛的特殊本领；我只是不抑制、减少它的结果罢了，并没有使它果实结得又早又多的特殊本领。其他种树的人却不是这样，树根卷曲不能伸展，又换了新土，培土不是多了就是少了。如果有与此相反的人，却又对树木爱得过于深厚，担心得过了头，早晨看看，晚上摸摸，已经离开了，还要回头看顾。更严重的，还用手指抓破树皮来检验树的死活，摇动树根来察看栽得是否紧实，这样，树木的本性就一天天丧失了。虽然说是爱护树，实际上却害了树；虽然说是忧虑树，实际上却是仇恨树。所以都不如我啊，我又有什么本领呢？"

　　问的人说："把你种树的道理，转用到为官治民上，可以吗？"橐驼说："我只知道种树罢了，为官治民，不是我的职业啊。然而我住在乡里，看到那些官吏喜欢不断地发布各种命令，好像很爱惜百姓，但最后反造成了灾祸。每天早晚，差吏来到村中喊叫：'官长命令催促你们耕田，勉励你们播种，督促你们收割。早点缫好你们的丝，早点纺好你们的线。抚育好你们幼小的子女，喂养大你们的鸡猪。'一会儿击鼓让人们聚集在一起，一会儿敲木梆把大家召来。我们小百姓顾不上吃晚饭、早饭来应酬慰劳差吏，尚且都没有空暇，又靠什么来使我们人口兴旺，生活安定呢？所以都非常困苦而且疲乏。像这样，那与我们行业的人大概也有相似之处吧？"

　　问的人颇有感慨地说道："这不是说得很好吗？我问养树，却得到了养民的办法。"我记下这件事，把它作为官吏的借鉴。

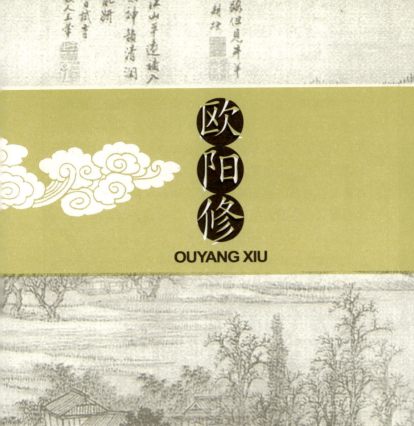

欧阳修

OUYANG XIU

◎作者小传◎

欧阳修（1007—1072），字永叔，号醉翁，晚年又号六一居士，庐陵（今江西吉安）人，北宋文学家。宋仁宗时历任知制诰、翰林学士、参知政事、刑部尚书、兵部尚书等，谥文忠。欧阳修是北宋诗文革新运动的领袖。他取韩愈"文从字顺"的精神，反对浮靡雕琢、怪僻晦涩的"时文"，提倡简而有法、流畅自然的风格。其作品内涵深广、形式多样、语言精练，并富有韵律美，出自他手的许多名篇如《醉翁亭记》《秋声赋》等已千古传扬。

朋党论

【古文原典】

臣闻"朋党"之说，自古有之，惟幸人君辨其君子、小人而已。大凡君子与君子以同道为朋，小人与小人以同利为朋，此自然之理也。然臣谓小人无朋，惟君子则有之，其故何哉？小人所好者禄利也，所贪者财货也，当其同利之时，暂相党引以为朋者，伪也；及其见利而争先，或利尽而交疏，则反相贼害，虽其兄弟亲戚不能相保。故臣谓小人无朋，其暂为朋者，伪也。君子则不然，所守者道义，所行者忠信，所惜者名节；以之修身，则同道而相益；以之事国，则同心而共济，始终如一。此君子之朋也。故为人君者，但当退小人之伪朋，用君子之真朋，则天下治矣。

臣听说关于"朋党"的说法是自古就有的，只希望吾君能辨识他们是君子还是小人罢了。一般说来君子与君子因志趣一致结为朋党，而小人则因利益相同结为朋党，这是很自然的规律。然而臣又认为小人没有朋党，只有君子才有。这是什么缘故呢？因为小人所喜的是利禄，所贪的是货财。当他们利益相同的时候，暂时地互相勾结成为朋党，那是虚假的；等到他们见到利益而争先恐后，或者利益已尽而交情淡漠之时，就会反过来互相残害，即使是兄弟亲戚，也不会互相保护。所以说小人并无朋党。他们暂时结为朋党，也是虚假的。君子就不是这样，他们所依据的是道义，所奉行的是忠信，所爱惜的是名誉和节操。用它们来修养品德，则彼此目标相同又能够互相取长补短；用它们来效力国家，则能够和衷共济，始终如一，这就是君子的朋党。所以做君王的，应该废退小人虚伪的朋党，而任用君子真正的朋党，只有这样，才能天下大治。

欧阳修

【古文原典】∶∶∶∶∶∶∶∶∶∶∶∶∶∶∶∶∶∶∶∶∶∶∶∶∶∶∶∶∶∶

尧之时，小人共工、驩兜等四人为一朋，君子八元、八恺十六人为一朋；舜佐尧退四凶小人之朋，而进元恺君子之朋，尧之天下大治。及舜自为天子，而皋、夔、稷、契等二十二人并列于朝廷，更相称美、更相推让，凡二十二人为一朋，而舜皆用之，天下亦大治。《书》曰："纣之臣亿万，惟亿万心；周有臣三千，惟一心。"纣之时，亿万人各异心，可谓不为朋矣，然纣以亡国。周武王之臣，三千人为一大朋，而周用以兴。后汉献帝时，尽取天下名士囚禁之，目为党人；及黄巾贼起，汉室大乱，后方悔悟，尽解党人而释之，然已无救矣。唐之晚年，渐起朋党之论；及昭宗时，尽杀朝之名士，或投之黄河，曰："此辈清流，可投浊流。"而唐遂亡矣。

【古文今译】

唐尧的时候，小人共工、骧兜等四人结为一个朋党，君子则有八元和八恺共十六人为一朋党。舜辅佐尧，废退四凶小人的朋党，进用八元八恺君子的朋党，尧的天下得以大治。等到舜自己做了天子，皋陶、夔、稷、契等二十二人同时列位于朝廷。他们互相推举，互相谦让，一共二十二人结为一个朋党。但是虞舜全都进用他们，天下也因此大治。《尚书》上说："商纣有亿万臣，是亿万条心；周有三千臣，却是一条心。"纣的时候，亿万人心各不相同，可说是不成其为朋党了，然而纣却因此而亡国。周武王的臣子三千人结成一个大朋党，但周却因此而振兴。东汉献帝时候，把天下所有名士都看成党人而予以囚禁，直到黄巾军起来，汉室大乱，然后才悔悟，解除了党锢释放了他们，可是已经无可挽救了。唐朝的末期，逐渐生出朋党的议论，到了昭宗时，

舜帝

把朝廷中的名士都杀害了，有的竟被投入黄河，说什么"这些人自命为清流，可以投他们到浊流里去让他们变成浊流。"唐朝也即随之灭亡了。

商纣王

【古文原典】

夫前世之主，能使人人异心不为朋，莫如纣；能禁绝善人为朋，莫如汉献帝；能诛戮清流之朋，莫如唐昭宗之世；然皆乱亡其国。更相称美推让而不自疑，莫如舜之二十二臣，舜亦不疑而皆用之；然而后世不诮舜为二十二人朋党所欺，而称舜为聪明之圣者，以辨君子小人也。周武之世，举其国之臣，三千人共为一朋，自古为朋之多且大莫如周，然周用此以兴者，善人虽多而不厌也。

夫兴亡治乱之迹，为人君者可以鉴矣。

【古文今译】

前代的君主，能使人人异心不结为朋党的，谁也不及商纣王；能禁止、断绝好人结为朋党的，莫过于汉献帝；能诛杀清流朋党的，莫过于唐昭宗时代。然而都因此致乱而使他们亡国。彼此称道赞美、推举谦让而自信不疑的，莫过于舜的二十二臣，舜也并不怀疑他们且都予以任用。但是后世并不讥笑虞舜被二十二人的朋党所蒙骗，却赞美虞舜是聪明的圣主，原因就在于他能区别君子和小人。周武王时代，推举他的国里臣子三千人合成一个朋党，自古以来结为朋党的，从人数之多与规模之大都莫过于周，可是周却因此而振兴，原因就在于善良之士虽多却不感到满足。

前代治乱兴亡的过程，为君主的可以作为借鉴了。

醉翁亭记

【古文原典】

环滁皆山也。其西南诸峰，林壑尤美，望之蔚然而深秀者，琅琊也。山行六七里，渐闻水声潺潺而泻出于两峰之间者，酿泉也。峰回路转，有亭翼然临于泉上者，醉翁亭也。

作亭者谁？山之僧智仙也。名之者谁？太守自谓也。太守与客来饮于此，饮少辄醉，而年又最高，故自号曰"醉翁"也。醉翁之意不在酒，在乎山水之间也。山水之乐，得之心而寓之酒也。

【古文今译】

环绕滁州城的都是山。它西南面的各个山峰，树林沟谷尤其秀美。远远望去，树木茂盛幽深清秀的，便是琅琊山了。山路上步行六七里，渐渐听到潺潺的流水声，从两座山峰之间倾泻而出的，便是酿泉了。山势曲折回环，路也随着拐弯，有一个亭子四角翘起像鸟儿张开翅膀一样，靠近在泉水边上，这便是醉翁亭了。

建亭的是谁呢？是山上的僧人智仙。给亭子起名的是谁呢？是太守用自己的号"醉翁"来给亭子命名的。太守和客人来到这里饮酒，略饮一些就醉，而年龄又最高，所以自己起个别号叫"醉翁"。醉翁的情趣不在酒上，而在于山水之间。观赏山水的乐趣，体会在心里而寄托在酒中。

【古文原典】

　　若夫日出而林霏开，云归而岩穴暝，晦明变化者，山间之朝暮也。野芳发而幽香，佳木秀而繁阴，风霜高洁，水落而石出者，山间之四时也。朝而往，暮而归，四时之景不同，而乐亦无穷也。

　　至于负者歌于途，行者休于树，前者呼，后者应，伛偻提携，往来而不绝者，滁人游也。临溪而渔，溪深而鱼肥；酿泉为酒，泉香而酒洌。山肴野蔌，杂然而前陈者，太守宴也。宴酣之乐，非丝非竹。射者中，奕者胜，觥筹交错，起坐而喧哗者，众宾欢也。苍颜白发，颓乎其中者，太守醉也。

　　已而夕阳在山，人影散乱，太守归而宾客从也。树林阴翳，鸣声上下，游人去而禽鸟乐也。然而禽鸟知山林之乐，而不知人之乐；人知从太守游而乐，而不知太守之乐其乐也。醉能同其乐，醒能述以文者，太守也。太守谓谁？庐陵欧阳修也。

醉翁亭

　　要说那早晨日出的时候，林间的雾气散开；黄昏烟云聚拢回来，山谷就昏暗了。这阴晴明暗的变化，便是山间的朝朝暮暮了。野花盛开，幽香四溢；林木挺秀，布满浓荫；天高气爽，霜色洁白；溪水低落，石块露出；这就是山间四季变化的景色了。早晨往游，至晚而归，四季的景象都不同，游山玩水的乐趣也无穷无尽。

　　至于背物挑担的人们在路上唱歌，赶路的人们在树下歇凉，前面的呼喊，后面的应答，扶老携幼，来往不断的，那便是滁州的人来游山了。到溪水边去捕鱼，溪水深，鱼儿肥；挑泉水来酿酒，泉水香，酒色清；山中的野味野菜，交错地摆在面前，这便是太守的筵席了。宴饮沉醉的乐趣，并非歌吹弹唱所带来的；投壶的中了目标，围棋的赢了对手，酒筹酒杯交错堆放，饮者或站立或坐下，大声说笑喊叫，这便是客人的欢乐了。脸色苍老，头发雪白，困倦地倾倒在他们之间的是太守，其喝醉了。

　　不久，夕阳挂在山边，人影纷纷散乱，宾客们随太守一同归去。树木茂密成荫，飞鸟上下鸣叫，那便是游人离去后鸟儿在欢唱啊。然而禽鸟只知生活在山林的欢乐，而不知道人的欢乐；人们只知道跟随太守游山的欢乐，却不知道太守在享受着自己的乐趣。醉了能和大家一样快乐，醒了能用文章描述这种快乐的人，那就是太守了。太守是谁？就是庐陵人欧阳修。

【古文原典】

欧阳子方夜读书，闻有声自西南来者，悚然而听之，曰："异哉！初淅沥以萧飒，忽奔腾而砰湃；如波涛夜惊，风雨骤至。其触于物也，鏦鏦铮铮，金铁皆鸣；又如赴敌之兵，衔枚疾走，不闻号令，但闻人马之行声。"

余谓童子："此何声也？汝出视之。"童子曰："星月皎洁，明河在天，四无人声，声在树间。"

余曰："噫嘻，悲哉！此秋声也，胡为而来哉？盖夫秋之为状也：其色惨淡，烟霏云敛；其容清明，天高日晶；其气栗冽，砭人肌骨；其意萧条，山川寂寥。故其为声也，凄凄切切，呼号愤发。丰草绿缛而争茂，佳木葱茏而可悦；草拂之而色变，木遭之而叶脱。其所以摧败零落者，乃其一气之余烈。夫秋，刑官也，于时为阴；又兵象也，于行用金，是谓天地之义气，常以肃杀而为心。天之于物，春生秋实，故其在乐也，商声主西方之音，夷则为七月之律。商，伤也，物既老而悲伤。夷，戮也，物过盛而当杀。嗟乎，草木无情，有时飘零。人为动物，惟物之灵；百忧感其心，万事劳其形，有动于中，必摇其精。而况思其力之所不及，忧其智之所不能，宜其渥然丹者为槁木，黟然黑者为星星。奈何以非金石之质，欲与草木而争荣？念谁为之戕贼，亦何恨乎秋声！"

童子莫对，垂头而睡。但闻四壁虫声唧唧，如助余之叹息。

●●●

　　我正在夜间读书，听到有声音从西南方而来，恐惧地侧耳倾听，惊道："奇怪啊！初来时淅淅沥沥十分凄凉，忽然间奔腾澎湃非常汹涌，犹如波涛在黑夜里翻滚，狂风暴雨突如其来。它碰在物体上，钡钡铮铮，发出如同金属的撞击声。又像奔赴战场的士兵，口里衔枚快跑，听不到号令，只听到人马疾走的声音。"

　　我对书童说："这是什么声音？你出去看看。"书童说："星月洁白明亮，银河高挂在天上，四处没有人声，声音从树间传来。"

　　我说："啊，啊，好悲伤啊！这是秋声，为什么要来呢？要说那秋天所呈现的情状：其色忧郁，烟雾蒙蒙云气聚；其貌清明，天空高洁日色新；其气凛冽，刺透肌肉又入骨；意态冷落萧条，山川寂静冷落。所以它发出的声音，

凄凄切切，时而呼啸，时而激昂。秋风未起之时，绿草浓密繁盛，美好的树木青葱而令人爱悦；花草一旦被秋风掠过，就要改变颜色；树木遇到了秋风，树叶就要掉落。造成一切景观衰败凋零的原因，是由于秋气的余威啊。秋天，在古代是刑官行刑的季节，在时令上属于阴；它又是用兵的征象，在五行中属于金。这就是所谓天地之间的义气，常常以肃杀作为核心。自然对于万物，是春天生长，秋天结果。因此秋天在音乐上，商声就是主管西方的音调；而所谓夷，则是七月的音律。商，就是伤，万物衰老就悲伤；夷，就是戮，万物过盛就杀戮。唉！草木没有情感，季节一到尚且飘落凋零，人是动物的一种，是万物中最有灵性的，有无限的烦忧刺激他的心思，有无限的事物劳累他的形体。费心劳神，就必定会损伤他的精力，更何况常常要思考自己能力办不到的事情，忧虑自己的智慧不能解决的问题。这就必然会使红彤彤的脸色变得如同枯木，乌黑的头发变得寥若晨星。为什么要用不是金石的身躯，去和草木争奇斗胜？应该想想究竟谁是害我们的贼人，又何必去怨恨那不相关的秋声？"

书童没有回答，垂下头已经熟睡，只听得四周墙壁上虫声唧唧，好像因同情我而叹息。

祭石曼卿文

【古文原典】

维治平四年七月日，具官欧阳修，谨遣尚书都省令史李敫至于太清，以清酌庶羞之奠，致祭于亡友曼卿之墓下，

石曼卿

而吊之以文曰：

呜呼曼卿！生而为英，死而为灵。其同乎万物生死，而复归于无物者，暂聚之形；不与万物共尽，而卓然其不朽者，后世之名。此自古圣贤，莫不皆然。而著在简册者，昭如日星。

呜呼曼卿！吾不见子久矣，犹能仿佛子之平生。其轩昂磊落、突兀峥嵘，而埋藏于地下者，意其不化为朽壤，而为金玉之精。不然，生长松之千尺，产灵芝而九茎。奈何荒烟野蔓，荆棘纵横，风凄露下，走磷飞萤？但见牧童樵叟，歌吟而上下，与夫惊禽骇兽，悲鸣踯躅而咿嘤！今固如此，更千秋而万岁兮，安知其不穴藏狐貉与鼯鼪？此自古圣贤亦皆然兮，独不见夫累累乎旷野与荒城！

呜呼曼卿！盛衰之理，吾固知其如此，而感念畴昔，悲凉凄怆，不觉临风而陨涕者，有愧乎太上之忘情。尚飨！

【古文今译】

治平四年七月某日，具官欧阳修，谨派尚书都省令史李敭，到太清乡，用美酒和丰盛的佳肴做祭品，在亡友曼卿的墓前举行祭礼，并做了篇祭文来悼念：

呜呼曼卿！你生前是杰出的英才，死后一定成为神灵。那与万物同生共死，又回到无物境界的，是暂时凝聚的形体；那不与万物一同消灭，而卓然树立永不腐朽的，是流传到后代的名声。自古以来的圣贤，没有一个不是这样的，而记载到史册里的，更是光亮得像太阳和星星。

欧阳修

呜呼曼卿！我虽然好久没有见到你了，但还能依稀记得你的一生。你那气宇轩昂的仪表，光明磊落的胸怀，杰出突兀的才干，峥嵘不凡的气质，尽管已经埋入地下，但料想它们必定不会化作腐朽的土壤，而会变成金玉的精英。不然的话，就会长出青松，高达千尺；产出灵芝，多达九茎。为什么现在到处是荒凉的烟云，野生的蔓草，荆棘纵横，风雨凄凄，寒露降临，走动着磷火，飞舞着流萤。只看见牧牛的孩子和打柴的老人，歌唱着走来走去，还有一些受惊的禽兽，悲叫着徘徊不前，发出咿咿嘤嘤的鸣声。今天已经是这样了，再经过千秋万年之后，哪能知道这里不会藏着狐貉与鼯鼪？自古以来的圣贤都是一样的，难道没有见过那接连不断的旷野和残破的荒坟！

呜呼曼卿！事物盛衰的道理，我本来知道就是如此。然而每当感念过去的事情，就悲凉凄怆，不由自主地临风流泪，惭愧自己不能像圣人那样能够忘情。请享用祭品吧！

【古文原典】

　　六一居士初谪滁山，自号醉翁。既老而衰且病，将退休于颍水之上，则又更号六一居士。

　　客有问曰："六一，何谓也？"居士曰："吾家藏书一万卷，集录三代以来金石遗文一千卷，有琴一张，有棋一局，而常置酒一壶。"客曰："是为五一尔，奈何？"居士曰："以吾一翁，老于此五物之间，是岂不为六一乎？"客笑曰："子欲逃名者乎？而屡易其号，此庄生所诮畏影而走乎日中者也；余将见子疾走大喘渴死，而名不得逃也。"居士曰："吾因知名之不可逃，然亦知夫不必逃也；吾为此名，聊以志吾之乐尔。"客曰："其乐如何？"居士曰："吾之乐可胜道哉！方其得意于五物也，太山在前而不见，疾雷破柱而不惊；虽响九奏于洞庭之野，阅大战于涿鹿之原，未足喻其乐且适也。然常患不得极吾乐于其间者，世事之为吾累者众也。其大者有二焉，轩裳珪组劳吾形于外，忧患思虑劳吾心于内，使吾形不病而已悴，心未老而先衰，尚何暇于五物哉？虽然，吾自乞其身于朝者三年矣，一日天子恻然哀之，赐其骸骨，使得与此五物偕返于田庐，庶几偿其夙愿焉。此吾之所以志也。"客复笑曰："子知轩裳珪组之累其形，而不知五物之累其心乎？"居士曰："不然。累于彼者已劳矣，又多忧；累于此者既佚矣，幸无患。吾其何择哉？"于是与客俱起，握手大笑曰："置之，区区不足较也。"

　　已而叹曰："夫士少而仕，老而休，盖有不待七十者矣。

江西永丰欧阳修故里西阳宫

吾素慕之，宜去一也。吾尝用于时矣，而讫无称焉，宜去二也。壮犹如此，今既老且病矣，乃以难强之筋骸，贪过分之荣禄，是将违其素志而自食其言，宜去三也。吾负三宜去，虽无五物，其去宜矣，复何道哉！"

熙宁三年九月七日，六一居士自传。

【古文今译】

六一居士最初被贬谪到滁州山乡时，自号醉翁。年老体弱，又多病，将要辞别官场，到颖水之滨颐养天年，便又改变名号叫六一居士。

有位客人问道："六一，讲的是什么？"居士说："我家里藏了书一万卷，集录夏、商、周三代以来金石遗文一千卷，有琴一张，有棋一盘，又经常备好酒一壶。"客人说："这只是五个一，怎么说'六一'呢？"居士说："加上我这一个老头。在这五种物品中间，这难道不是'六一'了吗？"客人笑着说："您大概是一位想逃避名声的人吧，因而屡次改换名号，这正像庄子所讥讽的那个害怕影子却跑到阳光中去的人；我将会看见您像那个人一样，迅速奔跑，大口喘气，干渴而死，名声却不能逃脱。"居士说："我本就知道名声不可以逃脱，但也知道没有必要逃避；我取这个名号，姑且用来表明我的乐趣罢了。"客人说："你的乐趣怎么样呢？"居士说："我的乐趣可以说得尽吗？当自己在这五种物品中得意忘情时，泰山在面前也看不见，迅雷劈破柱子也不惊慌；即使在洞庭湖原野上奏响九韶音乐，在涿鹿大地观看大战役，也不足以形容自己的快乐和舒适。然而常常忧虑不能在这五种物品中尽情享乐，原因是世事给我的拖累太多了。其中大的方面有两件，官车、官服、符信、印绶使我的身体感到劳累，忧患思虑使我的内心感到疲惫，使我没有生病也已经显得憔悴，人没有老却精神已衰竭，还有什么空闲花在这五种物品上呢？虽然如此，我向朝廷请求告老还乡已有三年了，（如果）某一天天子发出恻隐之心哀怜我，赐还我这把老骨头，让我能够和这五种物品一起回归田园，就有希望实现自己素来的愿望了。这便是我表明我的乐趣的原因。"客人又笑着说：

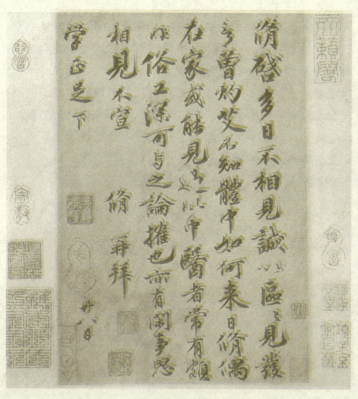

欧阳修《灼艾帖》

"您知道官车、官服、符信、印绶劳累自己的身体，却不知道这五种物品也会劳累心力吗？"居士说："不是这样。我被官场拖累，已经劳苦了，又有很多忧愁；被这些物品所吸引，既很安逸，又庆幸没有祸患。我将选择哪方面呢？"于是和客人一同站起来，握着手大笑说："停止辩论吧，区区小事是不值得计较的。"

　　过后，居士叹息说："读书人从年轻时开始做官，到年老时退休，往往是有等不到七十岁就退休的人。我素来羡慕他们，这是我应当离职的第一点理由。我曾经被当朝任用，但至今没有值得称道的政绩，这是应当离职的第二点理由。强壮时尚且如此，现在既老又多病，凭着难以支撑的身体，去贪恋超越职位的俸禄，这将会违背自己平素的志愿，自食其言，这是应当离职的第三点理由。我有这三点应当离职的理由，即使没有这五种物品，离职也是应当的，还要再说什么呢！"

　　熙宁三年九月七日，六一居士自传。

苏轼

SU SHI

◎ **作者小传** ◎

　　苏轼（1037—1101），字子瞻，一字和仲，号东坡居士，眉山（今四川眉山市）人，与其父洵、弟辙，合称"三苏"。官至兵部尚书兼侍读、翰林侍读学士、守礼部尚书，谥号文忠。苏轼能书善画，诗词也居于一流，并继欧阳修之后成为宋代古文运动的领袖，留下多篇散文作品，其中最著名的有《石钟山记》《放鹤亭记》《赤壁赋》等。

留侯论

【古文原典】

　　古之所谓豪杰之士者，必有过人之节。人情有所不能忍者，匹夫见辱，拔剑而起，挺身而斗，此不足为勇也。天下有大勇者，卒然临之而不惊，无故加之而不怒，此其所挟持者甚大，而其志甚远也。

　　夫子房受书于圯上之老人也，其事甚怪；然亦安知其非秦之世有隐君子者出而试之？观其所以微见其意者，皆圣贤相与警戒之义。而世不察，以为鬼物，亦已过矣。且其意不在书。

　　当韩之亡，秦之方盛也，以刀锯鼎镬待天下之士，其平居无罪夷灭者，不可胜数，虽有贲、育，无所复施。夫持法太急者，其锋不可犯，而其势未可乘。子房不忍忿忿之心，以匹夫之力，而逞于一击之间。当此之时，子房之不死者，其间不能容发，盖亦已危矣。千金之子，不死于盗贼。何者？其身之可爱，而盗贼之不足以死也。子房以盖世之才，不为伊尹、太公之谋，而特出于荆轲、聂政之计，以侥幸于不死，此固圯上之老人所为深惜者也。是故倨傲鲜腆而深折之，彼其能有所忍也，然后可以就大事。故曰：孺子可教也。"

【古文今译】

　　古代所谓的豪杰，一定有超过常人的气度节操。一般人在情绪上都有不能忍受的事。一个人受了侮辱，拔出了剑跳起来，冲向前和人决斗，这不能算是勇敢。天下有真正勇敢的人突然遇到变故，一点儿也不惊慌；无故凌辱他，也不发怒。这就是他的抱负很大，他的志向很高啊！

　　张良从桥上老人的手里接受了《太公兵法》，此事很奇怪。然而，又怎么能断定这位老人不是秦朝隐居的有识之士出来考验张良的呢？观察老人用以含蓄地表达自己意见的，都是圣人贤士相互间劝诫的道理。世人未加细察，以为他是鬼怪，这就不对了。而且，老人的用意并不在那本兵书上。

苏轼

　　当韩国灭亡，秦朝正强盛的时候，用刀锯、油锅这些酷刑对付天下企图反抗的人。平时住在家里，无罪而被杀身灭族的，多得无法计算。虽然有孟贲、夏育那样的勇士，

张良拜师图

在这种统治下也没有办法再施展本领。执法十分严峻的人，他的锋芒是不能触犯的，而且情势上也没有可利用的时机。张良忍不住愤怒的情绪，凭他个人的力量，在一次狙击时逞能冒险。在这个时候，张良侥幸没死，但与死亡之间差不到容纳一根头发的空隙，真是危险到了极点。富贵家子弟，绝不轻易死在盗贼手里，为什么呢？因为他的身体宝贵，死在盗贼之手不值得。张良有超过世人的杰出才干，他不去规划伊尹、周公那样安邦定国的谋略，却想出了荆轲、聂政那样行刺的下策，完全因为侥幸才得以不死，这正是桥上那位老人为他深感痛惜的！所以，老人故意用傲慢无礼的行为重重地刺激他，让他能有忍耐之心，然后才可以去完成伟大的事业，所以说："这小伙子是值得一教的。"

【古文原典】

　　楚庄王伐郑，郑伯肉袒牵羊以逆。庄王曰："其君能下人，必能信用其民矣。"遂舍之。勾践之困于会稽，而归，臣妾于吴者，三年而不倦。且夫有报人之志，而不能下人者，是匹夫之刚也。夫老人者，以为子房才有余，而忧其度量之不足，故深折其少年刚锐之气，使之忍小忿而就大谋。
何则？非有平生之素，卒然
相遇于草野之间，而命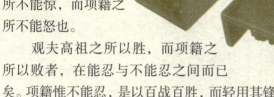
以仆妾之役，油然而
不怪者，此固秦皇之
所不能惊，而项籍之
所不能怒也。

苏轼从星砚

　　观夫高祖之所以胜，而项籍之
所以败者，在能忍与不能忍之间而已
矣。项籍惟不能忍，是以百战百胜，而轻用其锋。高祖忍之，
养其全锋而待其弊。此子房教之也。当淮阴破齐而欲自王，
高祖发怒，见于词色。由此观之，犹有刚强不忍之气，非
子房其谁全之？

　　太史公疑子房以为魁梧奇伟，而其状貌乃如妇人女子，
不称其志气。呜呼！此其所以为子房欤！

【古文今译】 ∶∶∶∶∶∶∶∶∶∶∶∶∶∶∶∶∶∶∶∶∶∶∶∶∶∶∶∶∶∶

　　楚庄王攻打郑国，郑襄公袒露着身体、牵了羊去迎接。
楚庄王说："郑国的国君能低声下气地对待我们，必定能
取得人民的信任。"于是就放弃了攻伐郑国而离去了。勾
践被围困在会稽山上，于是向吴国投降，做吴国的臣属，
三年都没有出现厌倦的情绪。有报仇的志向，却不能谦卑
待人，这是普通人的刚强。那老人认为张良才能有余，却
忧虑他度量不足，所以深深地挫折他少年刚强好胜的锐气，
使他能忍受愤恨来成就远大的谋略。为什么这么说呢？桥
上老人与张良素不相识，突然在郊野间相遇，就命令他做
仆人奴隶的事，他却自然地做了，而毫不感到怪异。这种

○七三

修养当然就是秦始皇的威势不能使他惊恐，项籍的强横也不能使他动怒的原因啊！

观察汉高祖刘邦所以取胜，而项羽所以失败的原因，就在于是否能够忍耐。项羽正因为不能忍耐，所以虽然百战百胜却轻易出兵。高祖能忍耐，保存他的全部精锐的实力，来等待项羽的疲劳衰弱，这是张良教他的啊！当韩信打败齐国想自立为齐王时，高祖很愤怒，从言

郑伯牵羊迎楚军

语中和脸色上可以显露出来，由这件事看来，他还有刚强不能忍耐的脾气，要不是张良，谁能成全他呢？

司马迁认为张良定长得高大，谁知他却像妇人，和其志气并不相称！啊！外柔内刚，能屈能伸，这就是造成子房杰出成就的原因吧！

【古文原典】

生而眇者不识日，问之有目者。或告之曰："日之状如铜盘。"扣盘而得其声。他日闻钟，以为日也。或告之曰："日之光如烛。"扪烛而得其形。他日揣籥，以为日也。日之与钟、籥亦远矣，而眇者不知其异，以其未尝见而求之人也。道之难见也甚于日，而人之未达也无以异于眇。达者告之，虽有巧譬善导，亦无以过于盘与烛也。自盘而之钟，自钟而之籥，转而相之，岂有既乎？故世之言道者，或即其所见而名之，或莫之见而意之，皆求道之过也。

然则道卒不可求欤？苏子曰："道可致而不可求。"何谓"致"？孙武曰："善战者致人，不致于人。"子夏曰："百工居肆以成其事，君子学以致其道。"莫之求而自至，斯以为致也欤！南方多没人，日与水居也。七岁而能涉，十岁而能浮，十五而能没矣。夫没者岂苟然哉？必将有得于水之道者。日与水居，则十五而得其道。生不识水，则虽壮，见舟而畏之。故北方之勇者，问于没人，而求其所以没，以其言试之河，未有不溺者也。故凡不学而务求道，皆北方之学没者也。

昔者以声律取士，士杂学而不志于道；今也以经术取士，士知求道而不务学。渤海吴君彦律，有志于学者也，方求举于礼部，作《日喻》以告之。

【古文今译】

一个天生失明的人不认识太阳，向有眼睛的人问太阳

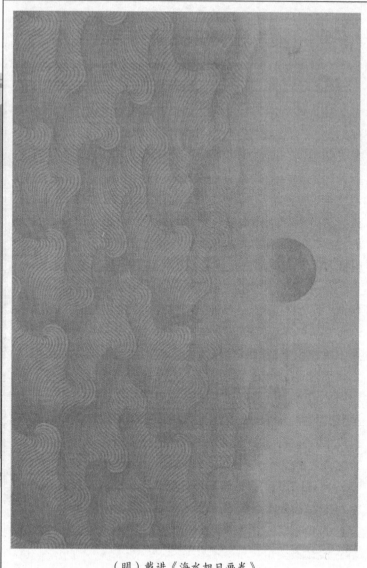

（明）戴进《海水旭日画卷》

是什么样子。有的人告诉他说："太阳的样子像铜盘。"
敲铜盘就听到了它的声音。有一天他听到了钟声，把发出
声音的钟当作太阳。有的人告诉他说："太阳的光像蜡烛。"
用手摸蜡烛就晓得了它的形状。有一天，他揣摩一支形状
像蜡烛的乐器龠，把它当作太阳。太阳和敲的钟、吹奏的
龠差别也太远了，但是天生双眼失明的人却不知道它们之
间有很大的差别，因为他不曾亲眼看见而是向他人求得太
阳的知识啊。抽象的"道"难认识的情况与太阳难认识的
情况严重，而人们不通晓道的情况与生来就不认识太阳的
失明的人没有什么不同。通晓的人告诉他，即使有巧妙的
比喻和很好的启发诱导，也无法使这些比喻或教法比用铜
盘和用蜡烛来说明太阳的比喻或教法更好。从用铜盘比喻
太阳而到把铜钟当作太阳，从把铜钟当作太阳而到把乐器
龠当作太阳，像这样辗转连续地推导它，难道还有个完吗？
所以人世上大谈"道"的人，有的就他自己的理解来阐明它，
有的没有理解它却主观猜度它，这都是研求道的弊病。

　　既然如此，那么这个"道"最终不可能求得吗？苏先
生说："道能够通过自己的虚心学习，循序渐进使其自然
来到，但不能不学而强求它。"什么叫作"致"？孙武说：
"会作战的将军能招致敌人，而不被敌人所招致处于被动
的境地。"子夏说："各行各业的手艺人坐在店铺作坊里，
来完成他们制造和出售产品的业务；有才德的人刻苦学习，
来使那道自然到来。"不是强求它而是使它自己到来，这
就是"致"啊！南方有很多能潜水的人，天天同水在一起
生活，七岁就能蹚水过河，十岁就能浮在水面游泳，十五
岁就能潜入水里了。潜水的人能长时间地潜入水里，哪能

是马虎草率而能这样的呢？一定是对水的活动规律有所领悟的。天天与水生活在一起，那么十五岁就能掌握它的规律。生来不识水性，那么即使到了壮年，见到了船就害怕它。所以北方的勇士，向南方潜水的人询问来求得他们能潜入水里的技术，按照他们说的技术到河里试验，没有不淹死的。所以凡是不老老实实地刻苦学习而专力强求道的，都是像北方学潜水的一类人。

从前以讲究声律的诗赋择取人才，所以读书人合儒家墨家还兼及名家法家而不是立志在求儒家之道；现在以经学择取人才，读书人又只知道强求义理，而不是专心踏踏实实地学。渤海人吴彦律，是有志对经学作实实在在学习的人，正要到京城接受由礼部主管的进士考试，我写《日喻》来勉励他。

喜雨亭记

【古文原典】

亭以雨名，志喜也。古者有喜，则以名物，示不忘也。周公得禾，以名其书；汉武得鼎，以名其年；叔孙胜狄，以名其子：其喜之大小不齐，其示不忘一也。

余至扶风之明年，始治官舍。为亭于堂之北，而凿池其南，引流种树，以为休息之所。是岁之春，雨麦于岐山之阳，其占为有年。既而弥月不雨，民方以为忧。越三月，乙卯乃雨，甲子又雨，民以为未足；丁卯大雨，三日乃止。官吏相与庆于庭，商贾相与歌于市，农夫相与忭于野。忧者以喜，病者以愈，而吾亭适成。

　　亭子用"雨"来命名，是为了记录一件喜事的。古代有了喜事，就用它来给事物命名，表示永志不忘。周公得到了奇异的禾穗，就用它为自己的文章命名；汉武帝获得了宝鼎，就用它作为年号的名称；叔孙得臣战胜了狄人，就用敌方国君的名字来给儿子命名。他们喜事的大小并不一样，但他们表示不忘则是一致的。

　　我到扶风的第二年，开始修建官舍。在厅堂的北面建了一座亭子，又在它的南面开凿了一个池塘，引来水流，栽种树木，用亭子作为休息的地方。这年的春天，在岐山的南面天上落下来许多麦子，那占卜的卦辞说是个丰收年。后来整整有一个月没有下雨，百姓正为此担忧。过了三月份，乙卯那天才下雨，甲子那天又下了雨，百姓都认为下得还不够；到了丁卯那天下起大雨来，下了三天才停止。官员们一起在官厅庆贺，商贩们一起在集市上歌唱，农民们一起在田野里欢乐。忧愁的人因此而喜悦，生病的人因此而痊愈，而我的亭子刚巧在这时落成了。

《喜雨亭记》文意

【古文原典】

　　于是举酒于亭上，以属客而告之曰："五日不雨可乎？"曰："五日不雨则无麦。""十日不雨可乎？"曰："十日不雨

唐宋八大家散文

〇七九

则无禾。"无麦无禾，岁且荐饥，狱讼繁兴，而盗贼滋炽。则吾与二三子，虽欲优游以乐于此亭，其可得耶？今天不遗斯民，始旱而赐之以雨。使吾与二三子得相与优游而乐于此亭者，皆雨之赐也。其又可忘耶？

既以名亭，又从而歌之，曰："使天而雨珠，寒者不得以为襦；使天而雨玉，饥者不得以为粟。一雨三日，繁谁之力？民曰太守，太守不有；归之天子，天子曰不然，归之造物；造物不自以为功；归之太空，太空冥冥，不可得而名。吾以名吾亭！"

【古文今译】

于是我在亭子上举办酒宴，来劝客人饮酒并对他们说："如果再过五天还不下雨行不行？"客人回答："再过五天不下雨，麦子就收不成了。""如果再过十天还不下雨

喜雨亭

行不行？"回答说："再过十天不下雨，就收不到谷子了。""不收麦子不收谷，年成就要接连闹饥荒，官司案件就会多起来，盗贼就会更加厉害。那么，我和诸位，虽然想在这亭子上悠闲自在地欢乐，难道能办到吗？如今老天爷不抛弃这些百姓，刚刚天旱就赐给他们这场雨，使我和大家能一起悠闲自在地在这座亭子上快活的，都是雨的恩赐啊！难道又可以忘记吗？"

用雨给亭子取了名字之后，我又接着歌唱它，唱道："假使老天落下珍珠，挨冻的不能用它做衣服；假使老天落下美玉，挨饿的不能拿它当米粟。一下子下了三天雨，什么人出力大如许？百姓都说是太守，太守不占为己有，把它归功于天子。天子却说非如此，把它归功造物主。造物主自己不居功，把它归功于太空。太空高远而幽冥，没法为它颂功名，我用雨来命我亭！"

石钟山记

【古文原典】

《水经》云："彭蠡之口，有石钟山焉。"郦元以为下临深潭，微风鼓浪，水石相搏，声如洪钟。是说也，人常疑之。今以钟磬置水中，虽大风浪不能鸣也，而况石乎？至唐李渤，始访其遗踪，得双石于潭上。扣而聆之，南声函胡，北音清越，枹止响腾，余韵徐歇。自以为得之矣。然是说也，余尤疑之。石之铿然有声者，所在皆是也，而此独以钟名，何哉？

元丰七年六月丁丑，余自齐安舟行适临汝，而长子迈将赴饶之德兴尉。送之至湖口，因得观所谓石钟者。寺僧使小童持斧，于乱石间择其一二扣之，硿硿然。余固笑而不信也。至其夜，月明，独与迈乘小舟，至绝壁下。大石侧立千尺，如猛兽奇鬼，森然欲搏人。而山上栖鹘，闻人声亦惊起，磔磔云霄间。又有若老人咳且笑于山谷中者，或曰，此鹳鹤也。余方心动欲还，而大声发于水上，噌吰如钟鼓不绝。舟人大恐。徐而察之，则山下皆石穴罅，不知其浅深，微波入焉，涵澹澎湃而为此也。舟回至两山间，将入港口，有大石当中流，可坐百人，空中而多窍，与风水相吞吐，有窾坎镗鞳之声，与向之噌吰者相应，如乐作焉。因笑谓迈曰："汝识之乎？噌吰者，周景王之无射也；窾坎镗鞳者，魏庄子之歌钟也。古之人不余欺也！"

事不目见耳闻，而臆断其有无，可乎？郦元之所见闻，殆与余同，而言之不详；士大夫终不肯以小舟夜泊绝壁之下，故莫能知；而渔工水师，虽知而不能言。此世所以不传也。而陋者乃以斧斤考击而求之，自以为得其实。余是以记之，盖叹郦元之简，而笑李渤之陋也。

【古文今译】

《水经》说：彭蠡湖的湖口，有一石钟山。郦道元认为这座山的下面是个深潭，微风轻轻地鼓起波浪，水和石头互相撞击，发出的声音像洪钟一样。对这个说法，人们常常有些怀疑。现在把钟磬放在水中，虽有大风大浪也不能使它鸣响，更何况石头呢？到了唐朝，李渤担任江州刺史，才寻访它的遗踪，在那深潭上面找到了两块礁石，敲着一听，南边那块声音低沉含糊，北边那块声音清越高昂，停止敲击，响声还在回荡，余音很久才慢慢消失掉。他自以为找

唐宋八大家散文

石钟山

到山名石钟的原因了。然而，对这个说法，我仍然有些怀疑。敲击它能够发出铿铿响声的石头，到处都有啊，为什么偏偏这里用"钟"来命名，是什么道理呢？

元丰七年六月初九日，我从齐安坐船到临汝去；同时，我的大儿子苏迈将到饶州担任德兴县尉，送他到达湖口，因而得以看到所谓的石钟。庙里的和尚叫一个小童拿着斧头，在乱石间选择一两个敲敲，硿硿地响，我只是笑笑，不肯相信。到这

《石钟山记》文意

天夜里，月光明亮，我单和迈儿乘一小船来到峭壁之下。旁边的大石直立千尺，好像凶猛的野兽和奇异的鬼怪，阴森森地想把我们抓去。山上栖息着的苍鹘，听见人声也吃惊地飞起，磔磔地叫着直上云霄。又有一种东西，如同老人从山谷中发出来的边咳边笑的声音，有人说这就是鹳鹤。我正有些害怕，想要回去，忽然从水上发出一种很大的声音，噌噌吰吰，像撞钟击鼓一般连续不断。船夫也非常害怕。我慢慢地仔细观察，原来山下都是石头的洞穴和裂缝，不知道它们的深浅，微小的波浪冲进去，在里面澎湃激荡，便发出了这种声音啊。小船回到上钟山和下钟山之间，将要进入港口的地方，有一块大石挡在中流，上面可坐一百来

人，中间却是空的，还有许多小孔，吞吐着风和水，发出窾坎镗鞳的声音，与前面那种噌噌吰吰的声音相互应和，好像在演奏乐曲。我笑着对迈儿说："你认识到了吗？那噌噌吰吰响的，像是周景王的无射钟；那窾坎镗鞳响的，像是魏庄子的编钟。古人把这山叫作石钟山，并没有欺骗我们啊！"

事物不经过耳闻目睹，便凭自己的想象，推断它的有无，可以吗？郦道元所看见的听到的，大概与我相同，但说得不详细。一般士大夫又始终不肯乘小船在夜里来到这峭壁之下探寻究竟，所以没有人能知道事实的真相。船夫和水兵们，虽然知道，但又说不出道理。这就是石钟山命名的来历在世上一直不能流传的缘故啊！而那些见识浅陋的人，却拿着斧头锤子到处敲击去寻求，还自以为探明了事情的真相呢！我因此把这次经过记了下来，既是叹息郦道元记载的简略，也是讥笑李渤见识的浅陋。

记承天寺夜游

【古文原典】 ················

元丰六年十月十二日，夜，解衣欲睡，月色入户，欣然起行。念无与乐者，遂至承天寺寻张怀民。怀民亦未寝，相与步于中庭。

庭下如积水空明，水中藻荇交横，盖竹柏影也。何夜无月？何处无竹柏？但少闲人如吾两人者耳。

【古文今译】 ················

元丰六年十月十二日，晚上，解开衣服想睡觉时，月光从窗口射进来，我愉快地起来行走。想到没有可与自己一起游乐的人，于是到承天寺，找张怀民。张怀民也没有睡觉，我们在庭院中散步。

庭院中的月光宛如一泓积水那样清澈透明，水中藻、荇纵横交叉，都是绿竹和翠柏的影子。哪夜没有月光，哪里没有绿竹和翠柏，但缺少像我们俩这样的闲人。

前赤壁赋

【古文原典】

壬戌之秋，七月既望，苏子与客泛舟游于赤壁之下。清风徐来，水波不兴。举酒属客，诵明月之诗，歌窈窕之章。少焉，月出于东山之上，徘徊于斗、牛之间。白露横江，水光接天。纵一苇之所如，凌万顷之茫然。浩浩乎如冯虚御风，而不知其所止；飘飘乎如遗世独立，羽化而登仙。

于是饮酒乐甚，扣舷而歌之。歌曰："桂棹兮兰桨，击空明兮溯流光。渺渺兮予怀，望美人兮天一方。"客有吹洞箫者，倚歌而和之。其声呜呜然，如怨如慕，如泣如诉；

（金）赤壁图

余音袅袅，不绝如缕；舞幽壑之潜蛟，泣孤舟之嫠妇。

【古文今译】

　　壬戌年的秋天，七月十六日，我和客人荡着船，在赤壁的下面游览。清凉的风缓缓吹来，水面上不起波浪。我端起酒杯劝客人们喝酒，朗诵《月出》诗，吟唱"窈窕"一章。一会儿，月亮从东边山上升起，徘徊在斗宿、牛宿之间。白蒙蒙的雾气笼罩江面，水光一片，与天相连。任凭水船自由漂流，浮动在那茫茫无边的江面上。江面是那么浩瀚啊，船像凌空乘风而行，不知道将要飞向何方；我们轻快地飘起啊，像脱离尘世，无牵无挂，飞升到仙境的神仙。

　　这时候，喝着酒，心里十分快乐，便敲着船舷唱起歌来，唱道："桂木做的棹啊兰木做的桨，拍击着澄明的水波啊，在月光浮动的江面逆流而上。我的情思啊悠远茫茫，瞻望心中的美人啊，在天边遥远的地方。"客人中有位吹洞箫的，随着歌声伴奏。那箫声呜呜地响，像怨恨，像思慕，像抽泣，像倾诉；吹完后，余音悠长，像细长的丝线延绵不断，能使深渊里潜藏的蛟龙起舞，使孤独小船上的寡妇悲泣。

（宋）马和之《赤壁后游图》

苏子愀然，正襟危坐而问客曰："何为其然也？"客曰："'月明星稀，乌鹊南飞'，此非曹孟德之诗乎？西望夏口，东望武昌，山川相缪，郁乎苍苍，此非孟德之困于周郎者乎？方其破荆州，下江陵，顺流而东也，舳舻千里，旌旗蔽空，酾酒临江，横槊赋诗，固一世之雄也，而今安在哉！况吾与子渔樵于江渚之上，侣鱼虾而友麋鹿。驾一叶之扁舟，举匏樽以相属。寄蜉蝣于天地，渺沧海之一粟。哀吾生之须臾，羡长江之无穷。挟飞仙以遨游，抱明月而长终。知不可乎骤得，托遗响于悲风。"

我顿时脸色改变，整理好衣服，端正地坐着，问客人说："为什么箫声这样悲凉呢？"客人回答说："'月光明亮星星稀少，一只只乌鸦向南飞翔'，这不是曹孟德的诗句吗？向西望是夏口，向东望是武昌，这儿山水环绕，草木茂盛苍翠，不就是曹操被周瑜打败的地方吗？当他占取荆州，攻下江陵，顺江东下的时候，战船连接千里，旌旗遮

张大千
《赤壁图轴》

蔽天空，临江饮酒，横握着长矛吟诗，本是一时的豪杰，如今在哪里呢？何况我和您在江中小洲上捕鱼打柴，和鱼虾做伴侣，与麋鹿交朋友，驾着一片叶子似的小船，拿着简陋的酒杯互相劝酒。就像蜉蝣一样，将短暂的生命寄托在天地之间，渺小得像大海里的一粒米。哀叹我们生命的短促，羡慕长江的无穷无尽。希望拉着神仙飞升遨游，和明月一起永世长存。知道这种愿望是不能突然实现的，只好把这种无可奈何的心情寄托于曲调之中，在悲凉的秋风中吹奏出来。"

【古文原典】

苏子曰："客亦知夫水与月乎？逝者如斯，而未尝往也；盈虚者如彼，而卒莫消长也。盖将自其变者而观之，则天地曾不能以一瞬；自其不变者而观之，则物与我皆无尽也。而又何羡乎？且夫天地之间，物各有主，苟非吾之所有，虽一毫而莫取。惟江上之清风，与山间之明月，耳得之而为声；目遇之而成色；取之无禁，用之不竭。是造物者之无尽藏也，而吾与子之所共适。"

苏轼《前赤壁赋》

客喜而笑，洗盏更酌。肴核既尽，杯盘狼藉。相与枕藉乎舟中，不知东方之既白。

我对客人说："您了解那江水和月亮吗？江水总是像这样不断地流去，但始终没有消失。月亮时圆时缺，但它终于没有消耗和增长。原来，要是从那变化的方面去看它，那么天地间的万事万物，连一眨眼的时间都不曾保持过原状；从那不变的方面去看它，那么事物和我们本身都没有穷尽，还羡慕什么呢？再说，天地之间，事物都各自有其主宰，如果不是我所有的东西，一丝一毫也不能取用。只有江上的清风和山间的明月，耳朵听到它就成为声音，眼睛看到它就成为颜色；取用它们没有人禁止，享用它也没有竭尽，这是大自然的无穷宝藏，是我和你可以共同享受的。"

客人高兴地笑了，于是洗了酒杯，重新斟酒再喝。菜肴和果品都吃完了，空杯、空盘杂乱地放着。大家互相枕靠着睡在船上，不知不觉东方已经露出白色的曙光。

苏洵
SU XUN

苏洵（1009—1066）字明允，号老泉，眉州眉山（今属四川）人，北宋文学家。宋仁宗时曾任秘书省校书郎，后参与修礼书《太常因革礼》。书成不久，即去世，追赠光禄寺丞。苏洵继承了《孟子》和韩愈的议论文传统，形成自己的雄健风格，其语言明畅、说理反复辨析，很有战国纵横家的色彩，代表作有《六国论》《管仲论》等。

六国论

【古文原典】

六国破灭，非兵不利，战不善，弊在赂秦。赂秦则力亏，破灭之道也。或曰："六国互丧，率赂秦耶？"曰："不赂者以赂者丧，盖失强援，不能独完。故曰'弊在赂秦'也。"

秦以攻取之外，小则获邑，大则得城。较秦之所得，与战胜而得者，其实百倍。诸侯之所亡，与战败而亡者，其实亦百倍。则秦之所大欲，诸侯之所大患，固不在战矣。

思厥先祖父，暴霜露，斩荆棘，以有尺寸之地，子孙视之不甚惜，举以予人，如弃草芥。今日割五城，明日割十城，然后得一夕安寝，起视四境，而秦兵又至矣。然则诸侯之地有限，暴秦之欲无厌，奉之弥繁，侵之愈急，故不战而强弱胜负已判矣。至于颠覆，理固宜然。古人云："以地事秦，犹抱薪救火，薪不尽，火不灭。"此言得之。

　　六国的灭亡，并不是因为他们的武器不够锋利，战斗打得不好，弊病在于用土地贿赂秦国。用土地贿赂秦国亏损了自己的力量，这就是灭亡的原因。有人会问："六国接连灭亡，都是因为贿赂秦国吗？"回答说："不贿赂秦国的国家因为贿赂秦国的国家而灭亡。原因是不贿赂秦国失掉了强有力的外援，不能单独地保全。所以说：'弊病在于贿赂秦国'。"

　　秦国在用战争夺取土地以外还受到诸侯的贿赂，小则获得乡镇，大则获得城市。比较秦国受贿赂所得到的土地，实际多到百倍。六国诸侯贿赂秦国所丧失的土地，比战败所丧失的土地，实际也要多到百倍，那么秦国最大的欲望，六国诸侯最大的祸患，当然不在于战争。

　　他们的祖辈父辈，冒着寒霜雨露，披荆斩棘，才有了很少的一点土地。子孙对那些土地却不很爱惜，全把它送给别人，就像抛弃不值钱的小草一样。今天割去五座城，明天割去十座城，这才能睡一夜安稳觉。可是第二天起床向外一看，秦国的军队又来了。既然这样，诸侯的土地有限，强暴的秦国的贪心永远没有满足。诸侯送给秦国的土地越多，秦国对诸侯的侵略也越急。所以用不着战争，谁强谁弱，谁

秦始皇

胜谁负就已经分得清清楚楚了。终于落到全部覆亡，是理所当然的事。古人说："用土地侍奉秦国，就好像抱柴救火，柴不烧完，火就不会灭。"这话说对了。

齐人未尝赂秦，终继五国迁灭，何哉？与嬴而不助五国也。五国既丧，齐亦不免矣。燕赵之君，始有远略，能守其土，义不赂秦。是故燕虽小国而后亡，斯用兵之效也。至丹，以荆卿为计，始速祸焉。赵尝五战于秦，二败而三胜。后秦击赵者再，李牧连却之，洎牧以谗诛，邯郸为郡，惜其用武而不终也。且燕、赵处秦革灭殆尽之际，可谓智力孤危，战败而亡，诚不得已。向使三国各爱其地，齐人勿附于秦，刺客不行，良将犹在，则胜负之数，存亡之理，当与秦相较，或未易量。

呜呼！以赂秦之地，封天下之谋臣，以事秦之心，礼天下之奇才，并力西向，则吾恐秦人食之不得下咽也。悲夫！有如此之势，而为秦人积威之所劫，日削月割，以趋于亡。为国者，无使为积威之所劫哉！

夫六国与秦皆诸侯，其势弱于秦，而犹有可以不赂而胜之之势；苟以天下之大，而从六国破亡之故事，是又在六国下矣。

齐国并没有贿赂秦国，可是终于也随着五国灭亡了，为什么呢？是因为齐国跟秦国交好而不帮助其他五国。五国已经灭亡了，齐国也就没法避免了。燕国和赵国的国君，起初有长远的打算，能够守住他的国土，坚持正义，不贿

李牧祠遗址

赂秦国。所以燕虽然是个小国，却最后灭亡，这就是用兵抗秦的效果。等到后来燕太子丹派遣荆轲刺杀秦王作为对付秦国的计策，这才招致了灭亡的祸患。赵国曾经对秦国五次作战，打了两次败仗，三次胜仗。后来秦国两次攻打赵国，赵国大将李牧接连打退秦国的进攻。等到李牧因受诬陷而被杀死，赵国都城邯郸就变成秦国的一个郡，可惜赵国用武力抗秦而没能坚持到底。而且燕、赵两国正处在秦国把其他国家快要消灭干净的时候，可以说他们的智谋和力量都很单薄，战败了而亡国，确实是不得已的事。假使韩、魏、楚三国都爱护他们的国土，齐国不依附秦国，燕国的刺客不去刺秦王，赵国的良将李牧还活着，那么胜败的命运，存亡的道理，假若与秦国相比较，也许还不容易判断出高低来呢。

唉！如果六国诸侯用贿赂秦国的土地来封给天下的谋臣，用侍奉秦国的心来礼遇天下的奇才，齐心合力地向西对付秦国，那么，我恐怕秦国人吃饭都咽不下的。真可悲叹啊！有这样的有利形势，却被秦国积久的威势所胁迫，天天割地，月月割地，以至于走向灭亡。治理国家的人不要被积威所胁迫啊！

六国和秦国都是诸侯之国。六国的势力虽然比秦国弱，可是还有可以用不贿赂秦的手段战胜秦国的形势。假如我们凭仗着这样大的国家，而重蹈六国灭亡的老路，这就是又在六国之下了！

管仲论

【古文原典】

管仲相桓公，霸诸侯，攘戎狄。终其身，齐国富强，诸侯不叛。管仲死，竖刁、易牙、开方用，桓公薨于乱，五公子争立，其祸蔓延，讫简公，齐无宁岁。夫功之成，非成于成之日，盖必有所由起；祸之作，不作于作之日，亦必有所由兆。则齐之治也，吾不曰管仲，而曰鲍叔；及其乱也，吾不曰竖刁、易牙、开方，而曰管仲。何则？竖刁、易牙、开方三子，彼固乱人国者，顾其用之者，桓公也。夫有舜而后知放四凶，有仲尼而后知去少正卯。彼桓公，何人也，顾其使桓公得三子者，管仲也。

【古文今译】

管仲辅佐齐桓公称霸诸侯，攘斥少数民族的进攻。一直到他死去，齐国国富民强，诸侯都不敢背叛。管仲死后，竖刁、易牙、开方得到重用。齐桓公死在内乱中，五个公子争夺王位。这些灾祸一直蔓延到齐简公的时候，齐国没有一个安宁的年份。事业的成功，并不是成功在完成的日子，那一定有它完成的起因。灾祸的产生，并不是产生在发生的日子，也一定有它发生的预兆。那么齐国的太平强盛，我不说是由管仲造成的，而说是鲍叔牙造成的；等到齐国祸乱四起的时候，我不说是由竖刁、易牙、开方这三个人造成的，而说是管仲造成的。为什么这样说呢？竖刁、易牙、开方三个人，他们本来是扰乱国家的人，看看起用他们的人，那是齐桓公啊！有了舜，然后才知道要流放四个大恶人。有了仲尼，然后才知道要除去少正卯。那齐桓公，到底是什么样的人呢？看看使齐桓公任用三人的人，却是管仲啊！

∙∙∙∙∙∙∙∙∙∙∙∙∙∙∙∙∙∙∙∙∙∙∙∙∙∙∙∙

　　仲之疾也，公问之相。当是时也，吾以仲且举天下之贤者以对。而其言乃不过曰："竖刁、易牙、开方三子，非人情不可近"而已。呜呼，仲以为桓公果能不用三子矣乎！仲与桓公处几年矣，亦知桓公之为人矣乎。桓公声不绝乎耳，色不绝乎目，而非三子者，则无以遂其欲。彼其初之所以不用者，徒以有仲焉耳；一日无仲，则三子者可以弹冠相庆矣。仲以为将死之言，可以絷桓公之手足耶？夫齐国不患有三子，而患无仲；有仲，则三子者，三匹夫耳；不然，天下岂少三子之徒？

刻苦攻读的少年管仲

虽桓公幸而听仲，诛此三人，而其余者，仲能悉数而去之耶？呜呼，仲可谓不知本者矣！因桓公之问，举天下之贤者以自代，则仲虽死，而齐国未为无仲也，夫何患三子者？不言可也。

【古文今译】

　　管仲生病的时候，齐桓公问他谁可以担任相的职务。那个时候我以为管仲在回答时，将会推举天下的贤人。可是他的话不过是说"竖刁、易牙、开方三个人，不具有人的性情，不可亲近"罢了。唉！管仲以为齐桓公真的不会起用这三个人吗？管仲与桓公相处了几年，也应该了解齐桓公的为人啊！齐桓公的耳朵离不开音乐，眼睛离不开女色，不是这三个人侍奉，就无法满足他的欲望。当初他之所以没有起用他们，那是因为管仲还在。一旦没了管仲，那么这三个人，就可以弹冠相庆了。管仲以为他临死时的话就可以捆住齐桓公的手脚吗？齐国不担心有这三个人，而担心没有管仲。有了管仲，那么这三个人不过是三个匹夫。

管仲墓

难道天下会缺少像这三个人一样的人吗？即使齐桓公有幸听从管仲的话，诛杀这三个人，可是余下的像他们这样的人，管仲能够把他们全部除去吗？唉！管仲可以说是不知道抓住问题根本的人！趁着齐桓公的询问，荐举天下的贤人来代替自己，那么即使管仲死了，齐国未必缺少像管仲一样的人。何必担心这三个人呢？这个道理不说，人们也明白。

【古文原典】

　　五霸莫盛于桓、文。文公之才，不过桓公，其臣又皆不及仲；灵公之虐，不如孝公之宽厚。文公死，诸侯不敢叛晋。晋袭文公之余威，得为诸侯之盟主者，百有余年。何者？其君虽不肖，而尚有老成人焉。桓公之薨也，一乱涂地，无惑也。彼独恃一管仲，而仲则死矣。夫天下未尝无贤者，盖有臣而无君者矣。桓公在焉，而曰天下不复有管仲者，吾不信也。

　　仲之书，有记其将死论鲍叔、宾胥无之为人，且各疏其短，是其心以为是数子者，皆不足以托国，而又逆知其将死，则其书诞谩，不足信也。吾观史鰌以不能蘧伯玉而退弥子瑕，故有身后之谏；萧何且死，举曹参以自代。大臣之用心，固宜如此也。夫国以一人兴，以一人亡，贤者不悲其身之死，而忧其国之衰；故必复有贤者，而后可以死。彼管仲者，何以死哉！

【古文今译】

　　春秋五霸没有哪个超过齐桓公，他的大臣也都比不上管仲。晋灵公暴虐残酷，不如齐孝公宽厚。晋文公死后，诸侯都不敢背叛晋国。晋国承袭晋文公的余威，得以继任诸侯的盟主。这种情形长达一百多年。为什么会这样呢？他们的国君虽然不贤明，但还有年老持重的大臣在。齐桓公死后，齐国一败涂地。这是没什么疑问的。齐国单独依靠一个管仲，而管仲已经死了。天下未尝没有贤明的人，大概是有有才能的大臣，而没有贤明的国君吧。齐桓公在世的时候，说天下不再有像管仲那样的贤人，我是不信的。

管仲所写的书里，有记载他临死时议论鲍叔牙、宾胥无的为人，并且说出他们各自的短处，那是他认为不能把国家托付给他们，可是又预料他自己将要死了。那么他的书是荒诞不经的，是不能令人信服的。我看到史鳅因为不能进用蘧伯玉、斥退弥子瑕，所以有死后的尸谏。萧何将死的时候，荐举曹参代替自己。大臣们的用心，本来就应该这样。国家重用某一个人而兴盛起来，重用某一个人而国破家亡。贤明的人不会悲叹他的死，而会担忧国家的衰亡。因此，一定要贤明的人接替，他才可以瞑目。那个管仲，怎么就死了呢？

名二子说

【古文原典】

轮辐盖轸，皆有职乎车，而轼独若无所为者。虽然，去轼则吾未见其为完车也。轼乎，吾惧汝之不外饰也。

天下之车，莫不由辙，而言车之功者，辙不与焉。虽然，车仆马毙，而患不及辙。是辙者，善处乎祸福之间也。辙乎，吾知免矣！

车子上的轮、辐、轸，各有所用，而只有轼表面上看来没有什么用处。虽然这样，没有轼，车子却不是完整的车子。轼啊，我害怕你不修饰外表啊！

四川眉山三苏祠

天下的车子行进时均须沿着辙而行，但是论起车子的功用，辙却不在其中。虽然这样，车子翻倒、马摔死的时候，灾祸却不会牵连到辙。由此看来，辙实在善于处在祸、福的中间。辙啊，我知道你能避免灾祸啊！

心术

为将之道，当先治心，泰山崩于前而色不变、麋鹿兴于左而目不瞬，然后可以制利害，可以待敌。

凡兵上义；不义，虽利勿动。非一动之为害，而他日将有所不可措手足也。夫惟义可以怒士，士以义怒，可兴百战。

凡战之道，未战养其财，将战养其力，既战养其气，既胜养其心。谨烽燧，严斥堠，使耕者无所顾忌，所以养

唐宋八大家散文

其财；丰犒而优游之，所以养其力；小胜益急，小挫益厉，所以养其气；用人不尽其所欲为，所以养其心。故士常蓄其怒，怀其欲而不尽。怒不尽则有余勇，欲不尽则有余贪。故虽并天下，而士不厌兵，此黄帝之所以七十战而兵不殆也。不养其心，一战而胜，不可用矣。

凡将欲智而严，凡士欲愚。智则不可测，严则不可犯，故士皆委己而听命，夫安得不愚？夫惟士愚，而后可与之皆死。

【古文今译】 ························

当将领的道理，首先应当培养智谋胆略，即使泰山在面前崩塌，也要面不改色；麋鹿在前面突然出现，也要眼睛不眨，这样才可以控制战争形势有利与不利的变化，才可以应付敌人。

大凡用兵，应当崇尚正义，如果不义，即使于我有好处，也不要轻举妄动。并不是一动就会造成失败，而是怕将来会弄到手足无措的地步。只有正义才能激怒士卒，当士卒激起义愤时，就可驱使他们百战而不殆。

一切战争的道理是：战前要积蓄财力物力，临战时要养精蓄锐，战争打响后要鼓足勇气，胜利后要保持斗志。谨慎地做好警报工作，严密地做好侦察瞭望工作，使得耕种者一心生产，以此积蓄财力物力；给士兵丰厚的给养，使他们得到休息，以此来养精蓄锐；

兵圣孙武

打了小胜仗不松劲，吃了小败仗更要加强锻炼，以此来提高士气；用人时不要一下子满足他的欲望，以此来保持其斗志。所以，用兵就是要使士兵常常胸怀义愤，心中有欲望而总不满足。义愤不能全部爆发就勇气十足，欲望得不到满足就会继续追求。所以即使统一了天下，而士

运筹帷幄的孙膑

兵仍不厌战，这就是黄帝经历了七十多次战争后，他的士兵依然斗志不衰的道理。如果不保持斗志，只要打了一次胜仗，这军队就用不得了。

　　凡是作将帅的，必须足智多谋而又威严；当士兵的，应当愚昧一点。足智多谋就使人感到高深莫测，威严就使人感到凛然不可侵犯，因此就能使士兵都紧跟将帅而听从号令，这样，怎么不要求士兵愚昧一点呢？只有士兵愚昧了，将帅才能够与他们同生共死。

【古文原典】

　　凡兵之动，知敌之主，知敌之将，而后可以动于险。邓艾缒兵于蜀中，非刘禅之庸，则百万之师可以坐缚，彼固有所侮而动也。故古之贤将，能以兵尝敌，而又以敌自尝，故去就可以决。

　　凡主将之道，知理而后可以举兵，知势而后可以加兵，知节而后可以用兵。知理则不屈，知势则不沮，知节则不穷。见小利不动，见小患不避，小利小患，不足以辱吾技也，夫然后可以支大利大患。夫惟养技而自爱者，无敌于天下。故一忍可以支百勇，一静可以制百动。

　　兵有长短，敌我一也。敢问："吾之所长，吾出而用之，彼将不与吾校；吾之所短，吾蔽而置之，彼将强与吾角，奈何？"曰："吾之所短，吾抗而暴之，使之疑而却；吾之所长，吾阴而养之，使之狎而堕其中，此用长短之术也。"

　　善用兵者，使之无所顾，有所恃。无所顾，则知死之不足惜；有所恃，则知不至于必败。尺棰当猛虎，奋呼而操击；徒手遇蜥蜴，变色而却步，人之情也。知此者，可以将矣。袒裼而按剑，则乌获不敢逼；冠胄衣甲，据兵而寝，则童子弯弓杀之矣。故善用兵者以形固。夫能以形固，则力有余矣。

　　凡是军事行动，必须了解敌方的主帅，了解敌方的其他将领，然后可以进行冒险行动。邓艾用绳索挂着士兵翻山越岭，偷袭蜀国，如果不是刘禅的昏庸，那么百万大军就会束手被擒。邓艾本来就是觉得可以轻视他们才冒险行动的。所以，古时候贤明的将帅，既能以自己的兵力去试探敌人，又能以敌人来检验自己的军队，因此，可以决断自己军队的行止。

　　凡是担任主将的法则是：必须通晓事理后才可以起兵，了解作战形势后才可以打仗，知道节制后才可以指挥军事。通晓事理则理不亏，了解作战形势则能保持不败，知道节制则不会陷入困境。见了小利不发兵，见了小患不避让，因为这些小利小患，不值得我施展才略，只有这样才能对付大利大患。只有留一手而不轻易施展本领的人才能无敌于天下。所以一个忍字可以对付各种轻率的勇猛，一个静字可以镇定各种轻举妄动。

　　军队各有长处及短处，无论是敌军或我军都是一样。那么请教："我军的长处，我拿出来发挥它，但敌军不与我较量；我军的短处，我掩藏起来搁置一边，而敌

邓艾

军却偏要与我较量，怎么办呢？"回答说："我军的短处，我把它显眼地暴露出来，使敌军疑虑而退却；我军的长处，我暗中藏起保护起来，让敌军轻率大意而落入我的圈套，这就是善用长处及短处的策略。"

善于用兵的，要使士卒既无所顾恋而又有所依赖。无所顾

军事家孙膑的《孙子兵法》

恋，就知道死不足惜；有所依赖，就知道不至于一定失败。手中有了短棍，碰上猛虎，就会大声喊叫，用棍去击虎；两手空空，遇到一条四脚蛇，也会吓得脸上变色而后退，这是一般人的通常心理。明白这道理的，就可以带兵了。脱掉上衣露出胸臂而手执利剑，则连乌获也不敢逼近；戴着头盔，身穿战甲，却靠着武器睡大觉，那么连小孩也能弯弓射箭把他杀死。所以善于用兵的能利用形势来巩固军队的阵容。能够利用形势来巩固自己的，那么战斗力就会无穷无尽。

苏辙

SU ZHE

◎作者小传◎

　　苏辙（1039—1112），北宋散文家。字子由，眉州眉山（今属四川）人，官至尚书右丞，进门下侍郎，谥文定，与其父苏洵、兄苏轼合称"三苏"。苏辙博览群书、笔风雄健，留下《屈原庙赋》《御风辞》等名篇。

上枢密韩太尉书

【古文原典】

　　太尉执事：

　　辙生好为文，思之至深，以为文者气之所形。然文不可以学而能，气可以养而致。孟子曰："我善养吾浩然之气。"今观其文章，宽厚宏博，充乎天地之间，称其气之大小。太史公行天下，周览四海名山大川，与燕、赵间豪俊交游，故其文疏荡，颇有奇气。此二子者，岂尝执笔学为如此之文哉？其气充乎其中，而溢乎其貌，动乎其言，而见乎其文，而不自知也。

【古文今译】

　　太尉阁下：

　　我生性喜欢做文章，对这件事思考得很深入，我以为文章是作者气质、性格的显现，然而文章不是学了就能写好的，气质却可以通过加强修养而得到。孟子说："我善于培养我的浩然正气。"现在看来，他的文章宽厚宏博，充塞于天地之间，和他的气的大小相称。太史公走遍天下，博览四海名山大川，与燕、赵之间的豪士俊杰交游，所以他的文章疏畅跌宕，颇有奇伟的气概。这两位夫子，难道是常常拿着笔写作这样的文章就成功的吗？他们的气质充满在心中，而流露在外表，反映在言语之中，表现在文字之间，而自己并没有察觉到。

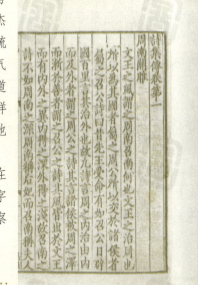

苏辙《诗集传》

唐宋八大家散文

一〇九

【古文原典】::::::::::

　　辙生十有九年矣，其居家所与游者，不过其邻里乡党之人。所见不过数百里之间，无高山大野可登览以自广。百氏之书，虽无所不读，然皆古人之陈迹，不足以激发其志气。恐遂汩没，故决然舍去，求天下奇闻壮观，以知天地之广大。过秦、汉之故都，恣观终南、嵩、华之高，北顾黄河之奔流，慨然想见古之豪杰。至京师，仰观天子宫阙之壮，与仓廪、府库、城池、苑囿之富且大也，而后知天下之巨丽。见翰林欧阳公，听其议论之宏辩，观其容貌之秀伟，与其门人贤士大夫游，而后知天下之文章聚乎此也。

【古文今译】::::::::::

　　苏辙我出生已十九年了，我住在家中时，所交游的不过是乡间邻里的人，所见到的不过是几百里之内的事物，没有高山旷野可供攀登观览，以开阔自己的胸襟。诸子百家的书，虽然无所不读，然而都是古人的陈迹，不能激发我的志气。我担心因此而埋没了自己，所以毅然离开了故乡，去寻求天下的奇闻壮观，以了解天地的广大。我路过了秦、汉的故都，尽情观赏了终南山、华山、嵩山的高峻，北望黄河的奔腾倾泻，深有感触地想起了古代的豪士俊杰。来到京城，仰望皇帝官殿的宏伟，以及粮仓、财库、城池、苑囿的富足与广大，然后才知道天下是多么的宏伟壮丽。我也见过翰林学士欧阳公，听到他宏伟雄辩的言论，看到他秀美奇伟的容貌，和他的门人们交往，然后才知道天下间的文章都汇聚在这里。

【古文原典】

太尉以才略冠天下，天下之所恃以无忧，四夷之所惮以不敢发。入则周公、召公，出则方叔、召虎，而辙也未之见焉。且夫人之学也，不志其大，虽多而何为？辙之来也，于山见终南、嵩、华之高，于水见黄河之大且深，于人见欧阳公，而犹以为未见太尉也，故愿得观贤人之光耀，闻一言以自壮，然后可以尽天下之大观而无憾者矣。

辙年少，未能通习吏事。向之来，非有取于升斗之禄，偶然得之，非其所乐。然幸得赐归待选，使得优游数年之间，将归益治其文，且学为政。太尉苟以为可教而辱教之，又幸矣。

【古文今译】

太尉的雄才大略称冠天下，天下士民依仗您而平安无忧，四方各族惧怕您而不敢发难。您在朝廷之内如同周公、召公辅佐君王，您在边域就如同方叔、召虎那样御侮安边。然而我还未曾见到您啊。更何况，一个人求学问，如果不立志于学习那最伟大的，学得再多又有什么用？我来京城的时候，就山来说，已经见过终南山、嵩山、华山的高峻；就水来说，已经见过黄河的宽广与深度；就人来说，已经见过欧阳公，可是仍以没能谒见您为遗憾的事。所以说希望见到贤人的风采，听到您的一句话也足以使自己心志壮阔。这样就算看尽天下的壮观，也不会再有任何遗憾的事情了！

　　我还很年轻，还不能通晓做官的事务。先前来京都应试，不是为了谋取区区的俸禄。偶然得到，也不是我所喜欢的。然而有幸得到恩赐回家，等待朝廷的选用，使我能悠闲几年，将进一步钻研做文之道，并且学习从政的业务。太尉如果认为我还可以指教，而屈尊给我以教诲的话，就更使我感到荣幸了。

黄州快哉亭记

【古文原典】

　　江出西陵，始得平地，其流奔放肆大，南合沅、湘，北合汉、沔，其势益张，至于赤壁之下，波流浸灌，与海相若。清河张君梦得，谪居齐安，即其庐之西南为亭，以览观江流之胜，而余兄子瞻名之曰"快哉"。

　　盖亭之所见，南北百里，东西一舍，涛澜汹涌，风云开阖。昼则舟楫出没于其前，夜则鱼龙悲啸于其下。变化

《黄州快哉亭记》文意

倏忽，动心骇目，不可久视。今乃得玩之几席之上，举目
而足。西望武昌诸山，冈陵起伏，草木行列，烟消日出，
渔夫樵父之舍，皆可指数。此其所以为快哉者也。至于长
洲之滨，故城之墟，曹孟德、孙仲谋之所睥睨，周瑜、陆
逊之所骋骛，其流风遗迹，亦足以称快世俗。

【古文今译】••

　　长江流出西陵峡，才得到平坦的地势，它的水势就变
得一泻千里，滚滚滔滔。等到它和南边来的沅水、湘水，
北边来的汉水、沔水合流的时候，它的水势更加强大了。

到了赤壁下面，江水浩荡，和大海相像。清河县的张梦得先生贬官到黄州，就着他的住宅的西南面建了一个亭子，来欣赏长江上的风景，我哥哥子瞻给它取了一个名字叫"快哉"。

站在亭子里望到的很宽，从南到北可以望到上百里，从东到西可以望到三十里左右。波涛汹涌，风云变化。白天有来往的船舶在它的前面时隐时现，晚上有鱼类和龙在它的下面悲壮地呼啸。从前没有亭子时，江面变化迅速，惊心骇目，游客不能在这里看个畅快。现在却可以在亭子里的茶几旁座位上欣赏这些景色，张开眼睛就看个够。向西眺望武昌一带山脉，丘陵高低不等，草木成行成列，烟雾消失，太阳出来，渔翁和樵夫的房屋，都可以用手指点得清楚，这就是取名"快哉"的缘故啊！至于长江的岸边，古城的遗址，曹操、孙权蔑视对方的地方，周瑜、陆逊纵横驰骋的所在，他们遗留下来的影响和古迹，也能使世界上一般人称为快事。

【古文原典】⋯⋯⋯⋯⋯⋯⋯⋯⋯⋯⋯⋯⋯⋯⋯⋯⋯⋯⋯⋯⋯⋯⋯⋯⋯⋯

昔楚襄王从宋玉、景差于兰台之宫，有风飒然至者，王披襟当之，曰："快哉，此风！寡人所与庶人共者耶？"宋玉曰："此独大王之雄风耳，庶人安得共之！"玉之言盖有讽焉。夫风无雄雌之异，而人有遇不遇之变。楚王之所以为乐，与庶人之所以为忧，此则人之变也，而风何与焉？

士生于世，使其中不自得，将何往而非病？使其中坦然，不以物伤性，将何适而非快？今张君不以谪为患，窃会计之余功，而自放山水之间，此其中宜有以过人者。将

苏轼夜游黄州承天寺

蓬户瓮牖，无所不快，而况乎濯长江之清流，挹西山之白云，穷耳目之胜以自适也哉！不然，连山绝壑，长林古木，振之以清风，照之以明月，此皆骚人思士之所以悲伤憔悴而不能胜者，乌睹其为快也哉！

【古文今译】

　　从前，宋玉、景差陪伴楚襄王到兰台宫游玩，有一阵凉风呼呼地吹来，襄王敞开衣襟让风吹，说："凉快呀这阵风！这是我和老百姓共同享受的吧？"宋玉说："这只是大王您的高级的风罢了，老百姓怎么能享受它！"宋玉的话大概含有讽刺的意味。风是没有低级、高级的分别的，而人却有走运和倒运的不同。楚襄王快乐的原因，老百姓痛苦的原因，这是由于人们的处境不同，和风有什么关系呢？

　　读书人生活在世上，如果他的内心不能自得其乐，那么，他到什么地方去会不忧愁呢？如果他心情开朗，不因为环境的影响而伤害自己的情绪，那么，他到什么地方去会整天不愉快呢？现在，张先生不因为贬官而烦恼，利用办公以外的空闲时间，自己在山水之中纵情游览，这说明他的内心应该是有一种自得之乐，远远超过一般人。像他这样的人，即使处在最穷困的环境里，也没有什么不愉快，何况是在长江的清水里洗脚，和西山的白云交朋友，耳朵和眼睛充分欣赏长江的美好景物，从而使自己得到最大的满足呢！要不是这样，那么，长江上群山绵延，山谷幽深，森林高大，古树奇屈，清风吹着它们，明月照着它们，这种景色都是满腹牢骚的诗人和有家难归的士子触景伤情、痛苦难堪的，哪里看得到它是快乐的呢！

　　子瞻迁于齐安，庐于江上。齐安无名山，而江之南武昌诸山，陂陁蔓延，涧谷深密。中有浮图精舍，西曰西山，东曰寒溪。依山临壑，隐蔽松枥，萧然绝俗，车马之迹不至。每风止日出，江水伏息，子瞻杖策载酒，乘渔舟乱流而南。山中有二三子，好客而喜游。闻子瞻至，幅巾迎笑，相携徜徉而上。穷山之深，力极而息，扫叶席草，酌酒相劳，意适忘反，往往留宿于山上。以此居齐安三年，不知其久也。

　　然将适西山，行于松柏之间，羊肠九曲而获少平。游者至此必息，倚怪石，荫茂木，俯视大江，仰瞻陵阜，旁瞩溪谷，风云变化，林麓向背，皆效于左右。有废亭焉，其遗址甚狭，不足以席众客。其旁古木数十，其大皆百围千尺，不可加以斤斧。子瞻每至其下，辄睥睨终日。一旦

武昌九曲亭现貌

大风雷雨，拔去其一，斥其所据，亭得以广。子瞻与客入山视之，笑曰："兹欲以成吾亭耶！"遂相与营之。亭成而西山之胜始具，子瞻于是最乐。

　　昔余少年从瞻游，有山可登，有水可浮，子瞻未始不褰裳先之。有不得至，为之怅然移日。至其翩然独往，逍遥泉石之上，撷林卉，拾涧实，酌水而饮之，见者以为仙也。盖天下之乐无穷，而以适意为悦。方其得意，万物无以易之。及其既厌，未有不洒然自笑者也。譬之饮食，杂陈于前，要之一饱，而同委于臭腐。夫孰知得失之所在？惟其无愧于中，无责于外，而姑寓焉。此子瞻之所以有乐于是也。

苏轼、苏辙同游

　　子瞻被贬到齐安后，在长江边上建了一座房子居住。齐安没有名山，而长江以南武昌的群山，险峻弯曲，山涧幽深，山谷树木茂密，里面有寺庙僧舍。西边的叫西山寺，东边的叫寒溪寺。它们靠着山，面对山谷，在遮天蔽日的松树、栎树丛中，静悄悄地与世隔离，没有车来这里。每当风停了，太阳出来的时候，江水缓缓地流，子瞻便挂着拐杖，带着酒，乘着渔船向南横渡长江。山中有几个人，热情好客，喜爱游玩，听说子瞻来了，他们只用幅巾裹着头发，笑着出来迎接他，然后相互提携，绕着小路而上，一直走到山的最深处，直到筋疲力尽时才休息。他们扫开落叶，坐在草地上，相互斟酒慰劳，过得很开心，忘记了返回的时间，往往在山上过夜。子瞻就这样在齐安住了三年，也不觉得时间过得很快。

　　然而打算到西山寺去，就要从长着松树柏树的林子里经过，小路弯弯曲曲很少平坦的。游玩的人到了这里一定要休息一会儿，他们背靠着怪石，在茂密的树荫下乘凉，向下俯视浩浩的长江，仰望高峻的山峰，从旁边看看四周溪谷，风云变化无常，森林山脚的对面都呈现在眼前。有一个废弃的亭子，它的遗址很窄小，不能容纳众多的游客。在它的旁边有几十棵古树，其中大的要有一百个人才能围住，高达千尺，不能用斧头砍倒。子瞻每次走到这里，总要久久观赏。有一天刮起了大风，下起了雷雨，拔走了其中的一棵，把那长树的地方开辟出来，亭的地基就可以扩大了。子瞻与客人一同进山观看，笑着说："这是老天要成全我建一座亭子啊！"于是大家一起修建亭子。亭子建成后，西山的胜景才算具备。子瞻对这件事感到很快乐。

　　以前我年少时与子瞻一起游玩，如果有山可以攀登，有水可以畅游，子瞻无不先撩起衣裳走在我的前面。假如有不能到达的地方，他就几天不高兴。当他轻快飘忽地到了一个地方，一个人逍遥自在地在泉边岩石上游玩，采摘林间的鲜花，拾起山沟里的野果，舀起溪水饮用时，见到他的人都以为他是神仙。天下的欢乐无穷无尽，而适合自己心意的最叫人喜爱。在他得意的时候，万物都不能与他交换这种快乐；等到他满足的时候，没有一次不畅快地讥笑自己的天真。好比所吃的东西，杂乱地摆在面前，饱餐一顿后又一同化为腐臭的东西。谁知道得失在哪里呢？只要他于心无愧，外人又无从指责，就姑且把心思寄托在这里吧！这便是子瞻之所以如此快乐的原因。

孟德传

【古文原典】

　　孟德者，神勇之退卒也。少而好山林，既为兵，不获如志。嘉祐中，戍秦州，秦中多名山。德出其妻，以其子与人，而逃至华山下，以其衣易一刀十饼，携以入山。自念："吾禁军也，今至此，擒亦死，无食亦死，遇虎狼毒蛇亦死。此三死者，吾不复恤矣，惟山之深者往焉。"食其饼既尽，取草根木实食之。一日十病十愈，吐、利、胀、懑，无所不至。既数月，安之如食五谷。以此入山二年而不饥，然遇猛兽者数矣，亦辄不死。德之言曰："凡猛兽类能识人气。未至百步，辄伏而号，其声震山谷。德以不顾死，未尝为

动。须臾，奋跃如将搏焉，不至十数步，则止而坐，逡巡
弭耳而去。试之，前后如一。"后至商州，不知其商州也，
为候者所执，德自分死矣。知商州，宋孝孙谓之曰："吾
视汝非恶人也，类有道者。"德具道本末，仍使为自告者，
置之秦州。张公安道适知秦州，德称病，得除兵籍为民。
至今往来诸山中，亦无他异能。

【古文今译】

　　孟德，是一个很勇猛的退伍士兵。年少时就喜爱山林，
既然当了兵，也就不能实现他的愿望。嘉祐年间，驻守秦州，
秦州的辖区内有很多名山。孟德抛弃了妻子，把儿子送给
了别人，逃到华山脚下，用他的衣服换来一把刀和十个饼。
他带了这些东西走入山中。他自己想："我是一名禁军士兵，
现在到了这里，被捉住了是死，没有粮食也是死，遇到虎
狼毒蛇也还是死。反正三种结果都是死，我还顾虑什么呢？
只有走到山的深处了。"饼吃完了，他就用草根野果充饥。

一天内病了十次，好了十次。呕吐、拉肚子、腹胀、胸闷，什么病都有。过了几个月，放心地食用它们就好像吃五谷杂粮一样。凭着这些本事，他入山两年了，也没饿死。即使是几次遇到了猛兽也总是不死。用孟德的话说："凡是猛兽，大都能够辨别人的气味，距离人不到百步，往往趴下来吼叫，吼声震山谷。我因为不再顾虑生死，所以从来不被惊动。不久，猛兽

（明）周臣《流氓图》

奋力跃起好像要跟我搏斗。不到十几步，它就停止进攻，蹲在地上，徘徊了一会儿便俯首帖耳地走了。试了几次，都是一样。"后来到了商州，他不知道这里就是商州，被巡逻的士兵捉住了，孟德自以为必死无疑。商州知州宋孝孙对他说："我看你也不是一个坏人，好像是有道德的人。"孟德便把自己的经历从头到尾说了一遍。宋孝孙就把他当作是自首的人，安置在秦州。张安道刚好到秦州任知州，孟德自称有病，才得以解除兵役，成为普通的老百姓。他到现在还在群山中往来，也没有特别的才能。

【古文原典】

　　夫孟德可谓有道者也。世之君子皆有所顾，故有所慕，有所畏。慕与畏交于胸中，未必用也，而其色见于面颜，

人望而知之。故弱者见侮，强者见笑，未有特立于世者也。今孟德其中无所顾，其浩然之气，发越于外，不自见，而物见之矣。推此道也，虽列于天地也，曾何猛兽之足道哉！

　　孟德可以说是一个有道德的人，世上的君子都有所顾虑，因此有所仰慕，有所畏惧。仰慕、畏惧的心情交织在胸中，不一定发生实际作用。可是那种神色在脸面上显现，人一看就知道。所以衰弱的人被侮辱，倔强的人被讥笑，在世上还没有一个人是例外的。如今孟德的心中没有顾虑，他的浩大刚正的气质焕发到身外，他自己见不到，可是外物却看得见。以此类推，即便是和天地并列也可以了，那些猛兽又算得了什么呢？

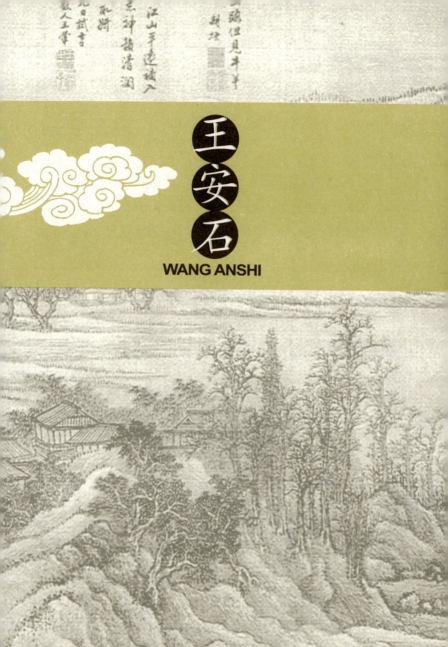

王安石

WANG ANSHI

王安石（1021—1086），抚州临川人，字介甫，号半山，小字獾郎，封荆国公，世人又称王荆公，北宋杰出的政治家、思想家、文学家。王安石的散文笔力豪迈，富于哲理，开创并发展了说理透辟、论证严密、表达清晰、融叙事和议论于一体的独特散文风格，其代表作有《答司马谏议书》《游褒禅山记》等。

答司马谏议书

〔古文原典〕

某启：

昨日蒙教，窃以为与君实游处相好之日久，而议事每不合，所操之术多异故也。虽欲强聒，终必不蒙见察，故略上报，不复一一自辩。重念蒙君实视遇厚，于反复不宜卤莽，故今具道所以，冀君实或见恕也。

盖儒者所重，尤在于名实。名实已明，而天下之理得矣。今君实所以见教者，以为侵官、生事、征利、拒谏，以致天下之怨谤也。某则以谓受命于人主，议法度而修之于朝廷，以授之于有司，不为侵官；举先王之政，以兴利除弊，不为生事；为天下理财，不为征利；辟邪说，难壬人，不为拒谏。至于怨诽之多，则固前知其如此也。

安石启：昨日承蒙您来信指教，我
私意以为跟您友好相处的日子很久了，
但讨论国事往往意见不同，这是由于
所采取的政治主张和方法不同的缘
故。我虽然想在你耳边啰唆以强
行作为辩解，恐怕结果一定不
会得到您的谅解。后来又想到
您待我一向很好，对于书信往
来是不应简慢无礼的，因而我详
细地说出我之所以这样做的理由，
希望您或许能够谅解我。

王安石

我们读书人所要争论的，特别是在名称与实际是否符
合上。名称与实际的关系明确了，天下的真理也就有正确
的认识了。现在您所用来教诲我的，是以为我侵官、生事、
征利、拒谏，以致天下的人都怨恨和诽谤我。我却认为接
受皇上的命令，议定法令制度，又在朝廷上修正、决定，
交给主管官署去执行，不算是侵官。发扬前代贤君的治国
原则，以便兴利除弊，这不算是生事。替国家整理财政，
这不算征利。排除不正确的言论，批驳巧言谄媚的坏人，
这不算拒谏。至于怨恨毁谤的很多，那是本来早就该料到
会是这样的。

人习于苟且非一日，士大夫多以不恤国事、同俗自媚
于众为善。上乃欲变此，而某不量敌之众寡，欲出力助上

（宋）王安石　致通判比部尺牍

以抗之，则众何为而不汹汹然？盘庚之迁，胥怨者民也，非特朝廷士大夫而已。盘庚不为怨者故改其度，度义而后动，是而不见可悔故也。如君实责我以在位久，未能助上大有为，以膏泽斯民，则某知罪矣。如日今日当一切不事事，守前所为而已，则非某之所敢知。

无由会晤，不任区区向往之至！

【古文今译】

人们习惯于得过且过的守旧之风已经不是一天了，做官的人又大多不为国家大事操心，以附和旧俗之见来讨好众人为美德。皇上却想改变这种现状，而我又不顾政敌的多少，想尽力去帮助皇上抵制他们，那么，众人怎么会不大吵大闹呢？过去商王盘庚迁都，群起怨恨的是老百姓，不仅是朝廷士大夫而已。盘庚并不因为有人怨恨的缘故，就改变他的计划。他考虑理由正当，然后去做，他认为正确，看不出有值得悔改的地方。如果您责备我执政很久了，没有能够帮助皇上大大地做一番事业，以此造福人民，那我自知有罪。但如果说今天应当什么事也不必干，只是守着老规矩就行了，那就不是我所敢领教的了。

没有会面的机会，实在诚心仰慕得很。

【古文原典】

　　尝谓文者，礼教治政云尔。其书诸策而传之人，大体归然而已。而曰"言之不文，行之不远"云者，徒谓"辞之不可以已也"，非圣人作文之本意也。

　　自孔子之死久，韩子作，望圣人于百千年中，卓然也。独子厚名与韩并，子厚非韩比也，然其文卒配韩以传，亦豪杰可畏者也。韩子尝语人文矣，曰云云，子厚亦曰云云。疑二子者，徒语人以其辞耳，作文之本意，不如是其已也。

　　孟子曰："君子欲其自得之也。自得之，则居之安；居之安，则资之深；资之深，则取诸左右逢其原。"独谓孟子之云尔，非直施于文而已，然亦可托以为作文之本意。且自谓文者，务为有补于世而已矣。所谓辞者，犹器之有刻镂绘画也。诚使巧且华，不必适用；诚使适用，亦不必巧且华。要之以适用为本，以刻镂绘画为之容而已。不适用，非所以为器也。不为之容，其亦若是乎？否也。然容亦未可已也。勿先之，其可也。

　　某学文久，数挟此说以自治。

孔子

始欲书之策而传之人，其试于事者，则有待矣。其为是非邪，未能自定也。执事正人也，不阿其所好者，书杂文十篇献左右，愿赐之教，使之是非有定焉。

:::

　　我曾经认为文章，不外是讲礼教政治罢了。那些写在书上而传授给人们的，大体都归于这些方面。至于古书说的"语言没有文采，流传就不会久远"，仅仅是说修辞不可以不要，并非圣人写文章的本意。

　　自孔子死了好久以后，有韩愈出现，千百年中，人们所瞻仰的圣人只有韩愈一人，他真是个了不起的杰出人物。只有柳宗元和韩愈齐名，他虽然比不上韩愈，然而他写的文章最终与韩愈的文章并传，也是可敬畏的豪杰呀。韩愈曾对人说过关于写文章的事，说应该这样那样；柳宗元也说过应该这样那样。我怀疑韩、柳二人说的，只不过是修辞的问题，至于写文章的本意，不是这样就够了的啊。

　　孟子说："君子应该有自己的心得，有了心得，就能安心进行钻研；安心进行钻研，就能打下深厚的基础；有了深厚的基础，就能应用自如，左右逢源了。"我说孟子说的这些话，不仅直接适用于写文章，同时也可借用来说

韩愈听颖师弹琴

明写文章的本意。而且我所说的文章，务必要做到有益于社会。所谓修辞，犹如器具上有雕刻绘画一样。如果使器具精巧华丽，不一定适用；如果适用，也不一定要精巧华丽。总之，要以适用为本，以雕刻绘画作它的修饰罢了。不适用，就不是制造器具的本意，不给它进行修饰，难道是制造器具的本意吗？不是的。但修饰也是不可以去掉的，只是不把它放在首要地位就行了。

孟子像

我学写文章很久了，多次拿这个说法来指导自己写文章，现在才想把它写出来传授给人，至于在实践上的应用，那还有待于更长的时间。这种说法是对的还是错的呢？我自己还没有把握确定。您是一个正直的人，不会阿谀奉承自己喜欢的人。现抄上所写的杂文十篇献给您，希望得到您的指教，使我能确定是对或不对。

伤仲永

【古文原典】

金溪民方仲永，世隶耕。仲永生五年，未尝识书具，忽啼求之。父异焉，借旁近与之，即书诗四句，并自为其名。其诗以养父母、收族为意，传一乡秀才观之。自是指物作诗立就，其文理皆有可观者。邑人奇之，稍稍宾客其父，或以钱币乞之。父利其然也，日扳仲永环谒于邑人，不使学。

予闻之也久。明道中，从先人还家，于舅家见之。十二三矣。令作诗，不能称前时之闻。又七年，还自扬州，复到舅家，问焉，曰："泯然众人矣！"

王子曰：仲永之通悟，受之天也。其受之天也，贤于材人远矣。卒之为众人，则其受于人者不至也。彼其受之天也，如此其贤也；不受之人，且为众人。今夫不受之天，固众人，又不受之人，得为众人而已耶？

【古文今译】

金溪县人方仲永，世代务农。方仲永五岁时，还不认得笔墨纸砚，一天忽然哭闹着索要这些东西。他父亲很奇怪，就向近邻借来给他。方仲永马上写下了四句诗，并且写上自己的名字。那诗表达了孝养父母、团结宗族的意思。诗被乡里一位读书人拿去阅读。从此有人指定事物叫他写诗，他能立刻完成，诗的文采和道理都有值得欣赏的地方。同县的人对他感到惊奇，渐渐地请他的父亲去做客，有人用钱财和礼物求仲永写诗。他的父亲认为那样有利可图，每天牵着方仲永四处拜访同县的人，不让他学习。

我很久就听闻此事了，明道年间，我跟从父亲回到家乡，曾于舅家见到方仲永，他已经

小时了了，大未必佳

十二三岁了。我们叫他作诗，已经与我过去所听闻的水准不能相比了。再过了七年，我从扬州回来，又到舅舅家，问起方仲永的情况，舅舅说："他才能完全消失，和普通人一样了。"

我认为：方仲永的聪明颖悟，是上天赋予的。他有天赋，比起力学而成的人要优越得多。然而最终还是和平常人差不多，那是因为没有受到常人所受的教育的结果。他的天资是那样的好，只因为没有受到教育培养，尚且沦为普通人一样。现在一般说来天分不高的人自然是很多的，如果再不加以教育培养，恐怕会连一个平常人都不如吧！

游褒禅山记

【古文原典】

褒禅山亦谓之华山。唐浮图慧褒始舍于其址，而卒葬之，以故其后名之曰褒禅。今所谓慧空禅院者，褒之庐冢也。距其院东百里，所谓华山洞者，以其乃华山之阳名之也。距洞百余步有碑仆道，其文漫灭，独其为文犹可识，曰"花山"。今言"华"如"华实"之"华"者，盖音谬也。"盖音谬也。

其下平旷，有泉侧出，而记游者甚众，所谓前洞也。由山以上五六里，有穴窈然，入之甚寒，问其深，则其好游者不能穷也，谓之后洞。余与四人拥火以入，入之愈深，其进愈难，而其见愈奇。有怠而欲出者，曰："不出，火且尽。"遂与之俱出。盖予所至，比好游者尚不能十一，然视其左右，来而记之者已少。盖其又深，则其至又加少矣。方是时，予之力尚足以入，火尚足以明也。既其出，则或咎其欲出者，而予亦悔其随之，而不得极夫游之乐也。

　　褒禅山也称为华山。唐代和尚慧褒当初在这里筑室居住，死后又葬在那里，因为这个缘故，后人就称此山为褒禅山。现在人们所说的慧空禅院，就是慧褒和尚的墓舍。距离那禅院东边五里，是人们所说的华山洞，因为它在华山南面而这样命名。距离山洞一百多步，有一座石碑倒在路旁，上面的文字已被剥蚀、损坏，近乎磨灭，只有从勉强能认得出的地方还可以辨识出"花山"的字样。现在将"华"读为"华实"的"华"，大概是因字同而产生的读音上的错误。

褒禅山的王安石塑像

　　由此向下的那个山洞平坦而空阔，有一股山泉从旁边涌出，在这里游览、题记的人很多，这就叫作"前洞"。经由山路向上五六里，有个洞穴，一派幽深的样子，进去便感到寒气逼人。打听它的深度，就是那些喜欢历险的人也未能走到尽头，这是人们所说的"后洞"。我与四个人打着火把走进去，进去越深，前进越困难，而所见到的景象越奇妙。有个懈怠而想退出的伙伴说："再不出去，火把就要熄灭了。"于是，只好都跟他退出来。我们走进去的深度，比起那些喜欢历险的人来说，大概还不足十分之一，

一三二

然而看看左右的石壁，来此而题记的人已经很少了。洞内更深的地方，大概来到的游人就更少了。当决定从洞内退出时，我的体力还足够前进，火把还能够继续照明。我们出洞以后，就有人埋怨那主张退出的人，我也后悔跟他出来，而未能极尽游洞的乐趣。

于是予有叹焉。古之人观于天地、山川、草木、虫鱼、鸟兽，往往有得，以其求思之深而无不在也。夫夷以近，则游者众；险以远，则至者少。而世之奇伟瑰怪非常之观，常在于险远，而人之所罕至焉，故非有志者，不能至也。有志矣，不随以止也，然力不足者，亦不能至也。有志与力，而又不随以怠，至于幽暗昏惑，而无物以相之，亦不

《游褒禅山记》文意

能至也。然力足以至焉，于人为可讥，而在己为有悔。尽吾志也而不能至者，可以无悔矣，其孰能讥之乎？此予之所得也。

予于仆碑，又以悲夫古书之不存，后世之谬其传而莫能名者，何可胜道也哉！此所以学者不可以不深思而慎取之也。

四人者：庐陵萧君圭君玉，长乐王回深父，余弟安国平父，安上纯父。

至和元年七月某日，临川王某记。

于是我有所感慨。古人观察天地、山川、草木、虫鱼、鸟兽，往往有所得益，是因为他们探究、思考深邃而且广泛。平坦而又近的地方，前来游览的人便多；危险而又远的地方，前来游览的人便少。但是世上奇妙雄伟、珍异奇特、非同寻常的景观，常常在那险阻、僻远，少有人至的地方，所以，不是有意志的人是不能到达的。虽然有了志气，也不盲从别人而停止，但是体力不足的，也不能到达。有了志气与体力，也不盲从别人、有所懈怠，但到了那幽深昏暗、令人迷乱的地方却没有必要的物件来支持，也不能到达。可是，力量足以达到目的而未能达到，在别人看来是可讥笑的，在自己来说也是有所悔恨的。尽了自己的主观努力而未能达到，便可以无所悔恨，难道谁还能讥笑这个吗？这就是我这次游山的收获。

我对于那座倒地的石碑，又感叹古代刻写的文献未能存留，后世讹传而无人弄清其真相的事，哪能说得完呢？这就是学者不可不深入思考而谨慎地援用资料的缘故。

同游的四个人是：庐陵人萧君圭，字君玉；长乐人王回，字深父；我的弟弟安国，字平父；安上，字纯父。

至和元年七月，临川人王安石记。

读《史记·孟尝君列传》

世皆称孟尝君能得士，士以故归之，而卒赖其力，以脱于虎豹之秦。嗟乎！孟尝君特鸡鸣狗盗之雄耳，岂足以言得士？不然，擅齐之强，得一士焉，宜可以南面而制秦，尚何取鸡鸣狗盗之力哉？夫鸡鸣狗盗之出其门，此士之所以不至也。

世上的人都称道孟尝君能够得到士人，士人因此也都归附于他，而他终于依靠他们的力量，得以从虎豹一样凶狠的秦国脱逃出来。哼！孟尝君只不过是个鸡鸣狗盗的头子罢了，哪里能够说得上是得到士人呢？如果不是这样，那么依仗齐国的强大国力，只要得到一个士人，应该可以面朝南方称王而制服秦国，还用得着鸡鸣狗盗之徒的力量吗？鸡鸣狗盗之流出现在他的门下，这就是真正的士人不到他那里去的原因啊！

孟尝君

祭欧阳文忠公文

夫事有人力之可致，犹不可期，况乎天理之溟漠，又安可得而推？

惟公生有闻于当时，死有传于后世，苟能如此足矣，而亦又何悲？如公器质之深厚，知识之高远，而辅学术之精微，故充于文章，见于议论，豪健俊伟怪巧瑰琦。其积

欧阳修纪念馆中的欧阳修塑像

于中者，浩如江河之停蓄；其发于外者，烂如日月之光辉。其清音幽韵，凄如飘风急雨之骤至；其雄辞闳辩，快如轻车骏马之奔驰。世之学者，无问乎识与不识，而读其文，则其人可知。

　　呜呼！自公仕宦四十年，上下往复，感世路之崎岖；虽屯邅困踬，窜斥流离，而终不可掩者，以其公议之是非。既压复起，遂显于世；果敢之气，刚正之节，至晚而不衰。

【古文今译】∶⋯⋯⋯⋯⋯⋯⋯⋯⋯⋯⋯⋯⋯⋯⋯⋯

　　人的力量能够做到的事情，还不一定成功，何况天理渺茫不可捉摸，又怎么能把它推测知晓呢！

　　先生生时，闻名于当代；先生死后，有著述流传后世。有这样的成就已经可以了，我们还有什么可悲切的呢！先生具有那样深厚的气质，高远的见识，加以精微的学术功力，因此作为文章，发为议论，豪放、强劲、英俊、奇伟、神奇、巧妙、灿烂、美好。在心胸中的才力，浩大有如江水的积储；发为文章，明亮有如日月的光辉。清亮幽雅的韵调，凄凄切切如急雨飘风的突然来到；雄伟宏广的文辞，明快敏捷如轻车骏马的奔驰。世上的学者，不问他是否熟识先生，只要读到他的著作，就能知道他的为人。

唉！先生做官四十年来，升升降降，调出调进，使人感到这世上道路的崎岖不平。虽然处境艰难困苦，到边远州郡流放，但到底不会埋没无闻，因为是是非非，自有公论。既经压抑，再又起用，就名闻全国。先生果敢刚正的气节，到老年还是保持不衰。

【古文原典】⋯⋯⋯⋯⋯⋯⋯⋯⋯⋯⋯⋯⋯⋯⋯⋯⋯⋯⋯⋯

方仁宗皇帝临朝之末年，顾念后事，谓如公者，可寄以社稷之安危；及夫发谋决策，从容指顾，立定大计，谓千载而一时。功名成就，不居而去，其出处进退，又庶乎英魄灵气，不随异物腐散，而长在乎箕山之侧，与颍水之湄。

然天下之无贤不肖，且犹为涕泣而歔欷。而况朝士大夫，平昔游从，又

宋仁宗

予心之所向慕而瞻依？

　　呜呼！盛衰兴废之理，自古如此，而临风想望，不能忘情者，念公之不可复见，而其谁与归？

　　当仁宗皇帝在朝的最后几年，考虑到他身后的事情，曾经说过，像先生这样的人才，可以把国家的前途委托。后来确定方针，从容行动，当机立断，辅助圣上即位，真可说是千载难逢的大事一朝决定。功成名就，不自居有功而请求退职，从出任官职到退隐归家，这样的英灵，想来决不会随着躯体消灭，而长留在箕山之旁与颍水之滨。

　　现今全国上下的人士，都在为先生的逝去而哭泣哽咽，何况我是同朝的士大夫，长期交游往来，失去的况且又是我向来仰慕而亲近的人呢！

　　啊！事物兴盛衰废的规律，自古以来就是如此，而伫立风中怀念，情感上不能忘却，就是因为想念他的学者，不问他是否熟识先生，只要读到他的著作，就能知道他的为人。

曾巩

ZENG GONG

◎作者小传◎

曾巩（1019—1083），字子固，南丰人，官至中书舍人，谥文定。曾巩是宋代新古文运动的重要骨干，因文才出众受到欧阳修的赏识。他的散文作品甚丰，尤长于议论和记事，留下名篇有《醉心亭记》《读贾谊传》等，说理透彻，文字精练，耐人寻味。

寄欧阳舍人书

【古文原典】

巩顿首再拜舍人先生：

去秋人还，蒙赐书及所撰先大父墓碑铭。反复观诵，感与惭并。

夫铭志之著于世，义近于史，而亦有与史异者。盖史之于善恶无所不书，而铭者，盖古之人有功德材行志义之美者，惧后世之不知，则必铭而见之，或纳于庙，或存于墓，一也。苟其人之恶，则于铭乎何有？此其所以与史异也。其辞之作，所以使死者无有所憾，生者得致其严。而善人喜于见传，则勇于自立；恶人无有所纪，则以媿而惧。至于通材达识，义烈节士，嘉言善状，皆见于篇，则足为后法。警劝之道，非近乎史，其将安近？

【古文今译】

曾巩叩头再次拜上舍人先生：

去年秋天，我派去的人回来，承蒙您赐予书信及为先祖父撰写墓志铭。我反复诵读，真是感动与羞愧的情绪交加于心中。

说到铭志之所以能够著称后世，是因为它的意义与史传相接近，但也有与史传不相同的地方。因为史传对人的善恶都一一加以记载，而碑铭呢，大概是古代功德卓著、才能操行出众、志气道义高尚的人，恐怕后世人不知道，所以一定要立碑刻铭来

曾巩

显扬自己，有的置于家庙里，有的放置在墓穴中，其用意是一样的。如果那是个恶人，那么有什么好铭刻的呢？这就是碑铭与史传不同的地方。铭文的撰写，为的是使死者没有什么可遗憾，生者借此能表达自己的尊敬之情。行善之人喜欢自己的善行善言流传后世，就发奋图强有所建树；恶人没有什么可记，就会感到惭愧和恐惧。至于博学多才、见识通达的人，忠义英烈、节操高尚之士，他们的美善言行，都能一一表现在碑铭里，这就足以成为后人的楷模。铭文警世劝诫的作用，不与史传相近，那么又与什么相近呢！

【古文原典】∶∶

及世之衰，为人之子孙者，一欲褒扬其亲而不本乎理。故虽恶人，皆务勒铭，以夸后世。立言者既莫之拒而不为，又以其子孙之所请也，书其恶焉，则人情之所不得，于是

乎铭始不实。后之作铭者当观其人。苟托之非人，则书之非公与是，则不足以行世而传后。故千百年来，公卿大夫至于里巷之士，莫不有铭，而传者盖少。其故非他，托之非人，书之非公与是故也。

然则孰为其人而能尽公与是欤？非畜道德而能文章者无以为也。盖有道德者之于恶人，则不受而铭之，于众人则能辨焉。而人之行，有情善而迹非，有意奸而外淑，有善恶相悬而不可以实指，有实大于名，有名侈于实。犹之用人，非畜道德者恶能辨之不惑，议之不徇？不惑不徇，则公且是矣。而其辞之不工，则世犹不传，于是又在其文章兼胜焉。故曰非畜道德而能文章者无以为也，岂非然哉？

【古文今译】

到了世风衰微的时候，为人子孙的，一味地只要褒扬他们死去的亲人而不顾事理。所以即使是恶人，都一定要立碑刻铭，用来向后人夸耀。撰写铭文的人既不能推辞不做，又因为死者子孙的一再请托，如果直书死者的恶行，就人情上过不去，这样铭文就开始出现不实之词。后代要想给死者作碑铭者，应当观察一下作者的为人。如果请托的人不得当，那么他写的铭文必定会不公正、不正确，就不能流行于世，传之后代。所以千百年来，尽管上自公卿大夫下至里巷小民死后都有碑铭，但流传于世的很少。这里没有别的原因，正是请托了不适当的人，撰写的铭文不公正、不正确的缘故。

照这样说来，怎样的人才能做到完全公正与正确呢？我说不是道德高尚、文章高明的人是做不到的。因为道德高尚的人对于恶人是不会接受请托而撰写铭文的，对于一般的人也能加以辨别。而人们的品行，有内心善良而事迹不见得好的，有内心奸恶而外表良善的，有善行恶行相差悬殊而很难确指的，有实际大于名望的，有名过其实的。好比用人，如果不是道德高尚的人怎么能辨别清楚而不被迷惑，怎么能议论公允而不徇私情？能不受迷惑，不徇私情，就是公正和实事求是了。但是如果铭文的辞藻不精美，那么依然不能流传于世，因此就要求他的文章也好。所以说不是道德高尚而又善于写文章的人是不能写碑志铭文的，难道不是如此吗？

【古文原典】 ·······························

　　然畜道德而能文章者，虽或并世而有，亦或数十年或一二百年而有之。其传之难如此，其遇之难又如此。若先生之道德文章，固所谓数百年而有者也。先祖之言行卓卓，幸遇而得铭其公与是，其传世行后无疑也。而世之学者，每观传记所书古人之事，至其所可感，则往往盠然不知涕之流落也，况其子孙也哉？况巩也哉？其追晞祖德而思所以传之之繇，则知先生推一赐于巩而及其三世。其感与报，宜若何而图之？

　　抑又思若巩之浅薄滞拙，而先生进之；先祖之屯蹶否塞以死，而先生显之。则世之魁闳豪杰不世出之士，其谁不愿进于门？潜遁幽抑之士，其谁不有望于世？善谁不为，而恶谁不愧以惧？为人之父祖者，孰不欲教其子孙？为人之子孙者，孰不欲宠荣其父祖？此数美者，一归于先生。既拜赐之辱，且敢进其所以然。所谕世族之次，敢不承教而加详焉？

幸甚，不宣。巩再拜。

　　但是道德高尚而又善做文章的人，虽然有时会同时出现，但也许有时几十年甚至一二百年才有一个。因此铭文的流传是如此之难，而遇上理想的作者更是加倍的困难。像先生的道德文章，真正算得上是几百年中才有的。我先祖的言行高尚，有幸遇上先生为其撰写公正而又正确的碑铭，它将流传当代和后世是毫无疑问的。世上的学者，每每阅读传记所载古人事迹的时候，看到感人之处，就常常激动得不知不觉地流下了眼泪，何况是死者的子孙呢？又何况是我曾巩呢？我追怀先祖的德行而想到碑铭所以能传之后世的原因，就知道先生惠赐一篇碑铭将会恩泽于我家祖孙三代。这感激与报答之情，我应该怎样来表示呢？

　　我又进一步想到像我这样学识浅薄、才能庸陋的人，先生还提拔鼓励我；先祖这样命途多舛、穷愁潦倒而死的人，先生还写了碑铭来赞扬他，那么世上那些俊伟豪杰、名不经见之士，他们谁不愿意拜倒在您的门下？那些隐居山林的人，他们谁不希望名声流传于世？好事谁不想做，而做恶事谁不感到羞愧恐惧？当父亲、祖父的，谁不想教育好自己的子孙？做子孙的，谁不想使自己的父祖荣耀显赫？这种种美德，应当全归于先生。我荣幸地得到了您的恩赐，并且冒昧地向您陈述自己所以感激的道理。来信所论及的我的家族世系，我怎敢不听从您的教诲而加以研究审核呢？

　　荣幸之至，书不尽怀。曾巩再拜上。

墨池记

临川之城东，有地隐然而高，以临于溪，曰新城。新城之上，有池洼然而方以长，曰王羲之之墨池者，荀伯子《临川记》云也。羲之尝慕张芝，临池学书，池水尽黑，此为其故迹，岂信然耶？方羲之之不可强以仕，而尝极东方，出沧海，以娱其意于山水之间，岂有徜徉肆恣，而又尝自休于此耶？

羲之之书晚乃善；则其所能，盖亦以精力自致者，非天成也。然后世未有能及者，岂其学不如彼耶？则学固其可以少哉！况欲深造道德者耶？

墨池之上，今为州学舍。教授王君盛恐其不章也，书"晋王右军墨池"之六字于楹间以揭之，又告于巩曰："愿有记。"推王君之心，岂爱人之善，虽一能不以废，而因以及乎其迹耶？其亦欲推其事，以勉其学者耶？夫人之有一能，而使后人尚之如此，况仁人庄士之遗风余思，被于来世者如何哉。

庆历八年九月十二日，曾巩记。

王羲之

　　临川郡城的东面，有块突起的高地，下临溪水，名叫新城。新城上面有一口低洼的长方形水池，称为王羲之墨池。这是南朝宋人荀伯子在《临川记》里所记述的。王羲之曾经仰慕东汉书法家张芝，在此池边练习书法，池水都因此而变黑了，这就是他的故迹。难道真的是这回事吗？当王羲之不愿受人勉强而做官的时候，他曾遍游越东各地，泛舟东海之上，以快心于山光水色之中。难道当他逍遥遨游尽情游览的时候，又曾经在此地休息过吗？

　　王羲之的书法到了晚年才渐入佳境，看来他之所以能有这么深的造诣，是因为他刻苦用功所达到的结果，而不是天才所致。但后世没有能比得上王羲之的，恐怕是他们所下的学习功夫不如王羲之吧。看来学习的功夫怎么可以少花呢！更何况对于想要在道德方面取得很高的成就的人呢。

　　墨池旁边现在是抚州州学的校舍。教授王君深怕关于墨池的事迹被湮没无闻，就写了"晋王右军墨池"这六个大字悬挂在门前两柱之间标明它，又对我说："希望有篇叙记文章。"我推测王君的心意，莫非是因为爱好别人的长处，即使是一技之长也不肯让它埋没，因此就连他的遗迹一并重视起来吧。或者是想推广王羲之临池苦学的事迹来勉励这里的学生吧。人有一技之长，尚且使后代人尊崇到这般地步，更不用说仁人君子们留下来的风尚和美德会怎样地影响到后世人呢！

　　庆历八年九月十二日，曾巩记。

《战国策》目录序

刘向所定《战国策》三十三篇，《崇文总目》称十一篇者阙。臣访之士大夫家，始尽得其书，正其误谬，而疑其不可考者，然后《战国策》三十三篇复完。

叙曰：向叙此书，言"周之先，明教化，修法度，所以大治。及其后，谋诈用，而仁义之路塞，所以大乱。"其说既美矣。卒以谓"此书战国之谋士度时君之所能行，不得不然"。则可谓惑于流俗，而不笃于自信者也。

夫孔、孟之时，去周之初已数百岁，其旧法已亡，旧俗已熄久矣；二子乃独明先王之道，以谓不可改者，岂将强天下之主以后世之不可为哉？亦将因其所遇之时、所遭之变而为当世之法，使不失乎先王之意而已。

二帝三王之治，其变固殊，其法固异，而其为国家天下之意，本末先后，未尝不同也。二子之道，如是而已。盖法者所以适变也，不必尽同；道者所以立本也，不可不一。此理之不易者也。故二子者守此，岂好为异论哉？能勿苟而已矣。可谓不惑乎流俗而笃于自信者也。

刘向编定的《战国策》共三十三篇，《崇文总目》说它缺少第十一篇。我到士大夫家去访求，才统统找到它们，校正了其中错误的地方，那些不能考明的地方暂时存疑，然后《战国策》三十三篇就完整了。

我说：刘向给《战国策》写的《书录》，说周朝初期，

曾巩读书岩　读书岩位于曾巩故里——江西南丰，是曾巩幼年读书的地方。

实行教育感化，修治法令制度，所以天下大治。到了后来，计谋欺诈盛行，仁义之路被堵塞，所以天下大乱。他的说法都是很好的，但他在文章的最后认为，这本书是战国时代的谋士揣测当时的国君所能实行的是什么，才不得不这样说。这可以说，他是被世俗的见解所迷惑，而不能坚定地相信自己的人了。

孔子、孟子的时代，距离周朝初期已经好几百年，周朝的老办法已经消失，旧时的习俗也已经消亡很久了。孔子、孟子就独自阐明唐尧、虞舜、夏禹、商汤、周文王、武王治国的原则，认为是不可改变的，难道是用后世所不能办的事去强迫当时天下的国君吗？他们只不过是要根据他们所碰上的时代，所遭遇的变化，而提出当时应当实行的主张，使那些主张不背离先王们的用意罢了。

二帝三王治理天下，他们之间的改变，本来各不相同，他们的办法，本来就有差别，而他们治理国家天下的用意，以什么为根本，以什么为末事，先干什么，后干什么，未尝不相同。孔孟之道，也不过如此罢了。法，只是用来适应变化，不一定完全相同；道，是用来确立根本的原则，不能够不统一。这是不可改变的道理。所以孔子、孟子坚持这个原则，难道是喜欢提出不同的言论主张吗？能够做到不苟且就行了。他们可以说是不被世俗的见解所迷惑，而能坚定相信自己的人了。

【古文原典】 :::

战国之游士则不然。不知道之可信，而乐于说之易合。其设心注意，偷为一切之计而已。故论诈之便而讳其败，言战之善而蔽其患。

其相率而为之者，莫不有利焉，而不胜其害也；有得焉，而不胜其失也。卒至苏秦、商鞅、孙膑、吴起、李斯之徒，以亡其身；而诸侯及秦用之者，亦灭其国。其为世之大祸明矣，而俗犹莫之寤也。惟先王之道，因时适变，为法不同，而考之无疵，用之无弊。故古之圣贤，未有以此而易彼也。

或曰："邪说之害正也，宜放而绝之。则此书之不泯，其可乎？"对曰："君子之禁邪说也，固将明其说于天下，使当世之人皆知其说之不可从，然后以禁则齐；使后世之人皆知其说之不可为，然后以戒则明，岂必灭其籍哉？放而绝之，莫善于是。是以孟子之书，有为神农之言者，有为墨子之言者，皆著而非之。"

至于此书之作，则上继春秋，下至楚汉之起，

苏秦六国封相

二百四十五年之间，载其行事，固不可得而废也。

此书有高诱注者二十一篇，或曰三十二篇，《崇文总目》存者八篇，今存者十篇云。

【古文今译】┈┈┈┈┈┈┈┈┈┈┈┈┈┈┈┈┈┈┈┈┈┈┈┈┈┈┈┈┈

战国时代的游说之士却不是这样，他们不懂得道是可信的，却喜欢他们的言论容易与国君的想法相合；他们的居心用意，只是苟且地提出一时权宜的策略罢了。所以他们谈论欺诈的好处，而讳言欺诈的失败；夸耀战争的好处，而隐瞒战争带来的祸患。

他们互相沿袭去做的事，不是没有利，但是不能超过它的害处；不是没有所得，但是不能超过所失。最后到苏秦、商鞅、孙膑、吴起、李斯之辈，因此而失去了他们的身躯；而任用他们的诸侯和秦国，也使自己的国家遭到灭亡。游说之士的那套办法，是社会的大灾祸再明白不过了！但世俗之人对它还没有觉悟过来，只有先王之道，根据时代，适应变化，做法不同，对它加以考察，它没有缺点；用它治理国家，不会发生弊病。所以古来的圣贤没有用先王的原则去与游士之说做交换的。

有人说："邪伪之说对正确的原则是有害的，应当弃绝它。那么《战国策》这部书不消灭，行吗？"我回答说："有道德有学问的人要禁止邪说的话，本来要向天下的人说明那些邪说，使当时的人，都知道邪说不能信从，然后加以禁止才能统一认识；使后代的人，都懂得邪说不能照着办，然后加以告诫才能使人明白。难道一定要消灭这部书吗？"要弃绝邪说，没有比这个办法更好的了。所以孟子的书里、农家的学说、墨家的言论，都记载下来并加以驳斥。

至于《战国策》的写作，往上紧接着《春秋》，往下到楚、汉的兴起，共二百四十五年，记载了其间的历史事迹，本来就不可能废弃。

　　这部书有东汉高诱注解的二十一篇，有人说是三十二篇；《崇文总目》中记有八篇，现在存在的共十篇。

书 目

001. 三字经

002. 百家姓

003. 千字文

004. 弟子规

005. 幼学琼林

006. 增广贤文

007. 格言联璧

008. 龙文鞭影

009. 成语故事

010. 声律启蒙

011. 笠翁对韵

012. 千家诗

013. 四书

014. 五经

015. 诗经

016. 易经

017. 论语

018. 孟子

019. 老子

020. 庄子

021. 鬼谷子

022. 诸子百家哲理寓言

023. 战国策

024. 史记

025. 三国志

026. 快读二十四史

027. 中国历史年表

028. 贞观政要

029. 资治通鉴

030. 中华上下五千年·夏商周

031. 中华上下五千年·春秋战国

032. 中华上下五千年·秦汉

033. 中华上下五千年·三国两晋

034. 中华上下五千年·隋唐

035. 中华上下五千年·宋元

036. 中华上下五千年·明清

037. 孙子兵法

038. 诸葛亮兵法

039. 三十六计

040. 六韬·三略

041. 孝经·忠经

042. 孔子家语

043. 颜氏家训

044. 了凡四训

045. 曾国藩家书

046. 素书

047. 长短经

048. 本草纲目

049. 黄帝内经

050. 菜根谭

051. 围炉夜话

052. 小窗幽记

053. 挺经

054. 冰鉴

055. 楚辞经典

056. 汉赋经典

057. 唐诗

058. 宋词

059. 元曲

060. 豪放词

061. 婉约词

062. 李白·杜甫诗

063. 红楼梦诗词

064. 最美的诗

065. 最美的词

066. 文心雕龙

067. 天工开物

068. 梦溪笔谈

069. 山海经

070. 徐霞客游记

071. 古文观止

072. 唐宋八大家散文

073. 最美的散文（世界卷）

074. 最美的散文（中国卷）

075. 朱自清散文

076. 人间词话

077. 喻世明言

078. 警世通言

079. 醒世恒言

080. 初刻拍案惊奇

081. 二刻拍案惊奇

082. 笑林广记

083. 世说新语

084. 太平广记

085. 容斋随笔

086. 浮生六记

087. 牡丹亭

088. 西厢记

089. 四库全书

090. 中华句典

091. 说文解字

092. 姓氏

093. 茶道

094. 奇趣楹联

095. 中华书法

096. 中国建筑

097. 中国文化常识

098. 中国文明考古

099. 中国文化与自然遗产

100. 中国国家地理